DADOS INTERNACIONAIS DE
CATALOGAÇÃO NA PUBLICAÇÃO (CIP)
Jéssica de Oliveira Molinari CRB-8/9852

Skipp, John
A hora do espanto / John Skipp, Craig Spector;
tradução de Camila Fernandes Carmocini;
ilustrações de Vitor Willemann; baseado no
roteiro de Tom Holland. — Rio de Janeiro :
DarkSide Books, 2025.
192 p.

ISBN: 978-65-5598-546-7
Título original: Fright night

1. Filmes de terror 2. Ficção norte-americana
I. Título II. Spector, Craig III. Carmocini, Camila
Fernandes IV. Holland, Tom

25-0600   CDD 791.409

Índice para catálogo sistemático:
1. Filmes de terror

Impressão: Braspor

FRIGHT NIGHT
A novel by John Skipp & Craig Spector, based on the
screenplay by Tom Holland Copyright © Columbia Pictures
Industries, Inc., 1985

Publicado mediante acordo com a Editions Faute de frappe
Posfácio © Gabriela Müller Larocca, 2025
Todos os direitos reservados

Tradução para a língua portuguesa
© Camila Fernandes Carmocini, 2025

Ilustrações © Vitor Willemann, 2025

Nem todo convite é seguro, nem toda
porta deve ser aberta. Às vezes,
o monstro sorri, seduz, espera
pacientemente até que a curiosidade
ou o desejo sejam mais fortes que o
instinto de sobrevivência. E, quando
percebemos, já o deixamos entrar. Há
boas razões para temer as sombras.

Fazenda Macabra
Reverendo Menezes
Pastora Moritz
Coveiro Assis
Caseiro Moraes

Leitura Sagrada
Gabriela Müller Larocca
Jessica Reinaldo
Maximo Ribera
Tinhoso & Ventura

Direção de Arte
Macabra

Coord. de Diagramação
Sergio Chaves

Colaboradores
Jefferson Cortinove
Vitor Willemann

A toda Família DarkSide

MACABRA
DARKSIDE

Todos os direitos desta edição reservados à
DarkSide® Entretenimento Ltda. • darksidebooks.com
Macabra® Filmes Ltda. • macabra.tv

© 2025 MACABRA/ DARKSIDE

Dark‹‹Rewind

BASEADO NO ROTEIRO DE TOM HOLLAND

A HORA DO ESPANTO

John Skipp & Craig Spector

Tradução
Camila Fernandes Carmocini

Ilustrações
Vitor Willemann

1

Charley Brewster não sabia ao certo de onde vinha a inspiração por trás dos fechos de sutiã. Se o responsável era Deus, sem dúvida não era para Charley afagar os seios nus de Amy e, nesse caso, deveria ficar de consciência bem pesada por querer fazer isso. Se, ao contrário, era o demônio quem estava por trás daquela ideia, Deus obviamente aprovava a exploração do peito nu, e nesse caso era dever sagrado de Charley cuidar disso o quanto antes.

Dedicou um segundo completo de atenção exclusiva a essa importante questão filosófica. Em seguida, voltou a lutar, às escondidas, com a porcaria do fecho. Quem quer que estivesse por trás daquilo tinha feito um trabalho espantoso. Entrar na sala do tesouro de Amy era mais difícil do que arrombar o armário de Ed — o Eddy Abo, ou Diabo Ed, como era conhecido — no ginásio.

Amy não estava facilitando. Pelo jeito, ela acreditava que Deus tinha seus motivos para fechar o sutiã com firmeza em volta dela. Uma minúscula parte da mente dele se solidarizava: ela estava apenas sendo mais forte que ele, além de mais virtuosa. O resto de Charley queria que ela arrancasse o sutiã de uma vez, porque ele tinha tanto desejo por Amy Peterson que chegava a doer.

Estavam atracados no chão ao lado da cama de Charley, com a cabeça e os ombros apoiados em almofadas. Ele estava mais ou menos por cima, em uma tentativa meio chocha de assumir uma posição masculina dominante. Amy não o deixou ficar totalmente sobre ela, mas em dado momento havia esfregado os quadris nos dele — tinha certeza disso — e o pensamento prioritário na cabeça dele era: *Se eu conseguir abrir, vai dar certo, vai dar certo, vai...*

Como quem não quer nada, passou a mão pelas costas nuas de Amy. Ela se retesou quando os dedos chegaram aos malditos colchetes. Ele deu uma guinada à esquerda, erguendo a mão para pegar o ombro dela por baixo da blusa abotoada. Quase conseguiu ouvi-la pensar: *Você não engana ninguém, sabia?*

Enquanto isso, continuavam a se beijar: as línguas girando em círculos, as bocas quase soldadas uma à outra. Se Amy não queria que ele fosse mais longe, também não queria que parasse. As mãos dela estavam embaixo da camiseta dele, e percebeu que roçaram os mamilos *dele* algumas vezes sem serem fulminadas por um raio.

Cacete, que sacanagem, resmungou ele em silêncio. Então Amy fez um movimento particularmente agradável com a boca e, por um instante, ele se perdeu no beijo.

A insegurança voltou com a música de fundo. Acordes inquietantes — agourentos, crescentes — acompanhavam o diálogo artificial no alto-falante de oito centímetros da TV portátil.

"Ah, querida." Uma voz jovem, masculina, ligeiramente empolada, inglesa. "Querida, querida, querida. Nem consigo expressar o quanto senti sua falta."

"Sim, Jonathan." Jovem, feminina, também inglesa, com aquela qualidade teatral, bacana, cafona e ao mesmo tempo arrepiante dos mortos-vivos por volta de 1945. "É tão maravilhoso ver você outra vez."

"Você está tão linda hoje, meu amor. Sua pele, tão macia e radiante. Seus lábios, tão vermelhos e..."

"Sim?" Uma pausa breve. Depois, em um tom malicioso: "Gostaria de beijá-los?".

A música se elevou, mais brega do que nunca, em um ápice intenso e melodramático. *Meu Deus*, pensou Charley, com os lábios ainda colados aos de Amy. De repente, o filme o fez se sentir ridículo, inflando suas inseguranças bobas até parecerem os balões gigantes na Parada do Dia de Ação de Graças da Macy's. *Eles não devem nem estar se beijando de boca aberta*, acrescentou, amargo. *É esse tipo de coisa que deixa a gente tão ansiosa.*

Respirou fundo por um momento e decidiu partir para o tudo ou nada. Quando atacou o fecho do sutiã com as duas mãos, Amy se contorceu debaixo dele. Ela tentou afastá-lo, colocando ambas as mãos pouco abaixo de suas axilas. Ele insistiu, tenaz, envolvendo-a com os braços e puxando desesperadamente a porcaria do elástico. Os ganchos resistiram. Charley começou a desconfiar que Amy os prendera com cola. Então ela passou a bater nas costas dele. Não havia tempo a perder. Ele fez uma última tentativa destinada ao fracasso e...

"PARE, Ó CRIATURA DA NOITE!"

A voz era grave e imponente. Além disso, vinha da TV. Mesmo assim, Charley obedeceu, ficando paralisado por tempo suficiente para que Amy o empurrasse de uma vez.

Na tela, a vampira sibilou.

"Saco", gemeu Charley, e olhou de relance para a TV. A linda vampira recuava diante de Peter Vincent, arreganhando os dentes. O intrépido caçador de vampiros avançou com uma estaca de madeira em uma das mãos e um martelo prodigioso na outra.

"Vim atrás de você", disse o herói.

Peter Vincent era alto e ameaçador, com o rosto magro e tenso debaixo da cartola. Tudo nele era sombrio e medonho, desde o terno e a capa pretos até as trevas ardentes no olhar.

Amy Peterson, por outro lado, era fofa e bonitinha. O rosto era saudável e o corpo voluptuoso; juntos, refletiam o conflito em sua alma. Quando olhava para Charley, com aquela beleza radiante de líder de torcida, ele sentia o impacto total do amor e da adoração juvenis; quando ela o tocava, cada nervo do corpo dele gritava de desejo.

Ela se recusou a olhar para ele, por isso Charley se voltou para o filme. A música passara a uivar e a vampira deu um berro quando a estaca acertou o alvo. Um pouco de sangue escorreu dos cantos de sua boca e os olhos ficaram desvairados.

"Desculpa", disse Amy atrás dele.

"Tá", murmurou Charley, de olhos colados à tela.

"Desculpa mesmo."

"Tá bom. Beleza." Ele sabia que não estava disfarçando a irritação. Sentia uma satisfação perversa ao fazer isso. Pouco antes, implorava por ela fisicamente. Se agora ela tivesse que rastejar um pouquinho, bom... talvez isso partisse o coração dele.

"Ah, Charley, corta essa. E também não vem ficar bravo comigo. Não consigo evitar."

"Não consegue evitar...", repetiu Charley, sarcástico. Bateu o punho no tapete felpudo para enfatizar o que dizia, depois se levantou de uma vez e começou a andar pelo quarto. "Bom, e como é que eu fico? Também não consigo evitar! Faz quase um ano que a gente está junto..."

"Três meses", corrigiu Amy em um sussurro.

"Bom, então, *quase* meio ano...", continuou ele, inconsolável, "... e eu só ouço 'Para, Charley' e 'Desculpa!'. Tá me deixando doido. É sério."

Nunca havia gritado com ela desse jeito, e ficou meio envergonhado. Tinha parado diante da janela e olhava de Amy para a tela da TV.

As palavras *A Hora do Espanto* apareceram em letras grandes e gotejantes, com o logo do Canal 13 logo abaixo. Em seguida, entrou um comercial de sorveteria e Charley se voltou para o próprio reflexo na vidraça, fantasmagórico.

Enquanto uma voz rouca tagarelava sobre um sorvete de banana, Charley se avaliou. *É, você é um banana mesmo*, pensou, amargo. *Mais sem graça que batata crua.*

Na verdade, a aparência de Charley Brewster não era das piores. Não era exatamente forte, mas também não era muito delicado. Era só um jovem de aparência decente e confiável: olhos e cabelos castanhos, nariz aquilino e proeminente, lábios carnudos e orelhas simétricas em um rosto arredondado e simpático. Nada de especial, mas também não era de se jogar fora.

Quando o comercial mudou para a Pista de Arrancada de Rancho Corvallis (com a voz do Pica-Pau berrando: "SÁBADO! SÁBADO!"), Amy se aproximou por trás e envolveu o pescoço dele com os braços.

"Me desculpa mesmo", ronronou ela, acertando-o em cheio com um beijo totalmente sincero. Persistiu durante os anúncios de música country de Slim Whitman e de Barney, o Rei dos Tapetes, e parou em um comercial da Planned Parenthood sobre saúde sexual.

Quando se separaram, Amy espiou a TV por cima do ombro dele. Estava ficando corada e armou uma expressão que parecia ser de surpresa e determinação.

"Quer fazer amor comigo?", tentou dizer. Sua voz foi pouco mais do que um sussurro.

Charley ficou perplexo. Um nó do tamanho do polegar entalou em sua garganta. "Tá falando sério?", murmurou.

Ela fez que sim, corada e estranhamente decidida. Ainda não conseguia olhá-lo nos olhos; quando ele inclinou a cabeça para beijá-la, ela ergueu o rosto já de olhos fechados.

O coração e os hormônios de Charley davam piruetas elaboradas. A ereção, que havia afrouxado, voltou com tudo. Enquanto se beijavam, os dois se viraram devagar nos braços um do outro e, por algum motivo, ele continuou de olhos abertos, passeando pela parede, dando a volta pelo quarto, passando pelo logo de *A Hora do Espanto* na TV...

... e cravando, de repente, em um ponto na escuridão lá fora.

Que negócio é esse?, pensou, descolando os lábios de Amy. Não conseguia acreditar no que estava vendo.

Amy se afastou do abraço de Charley e caminhou com graça até a cama. Uma parte dela estava absolutamente embaraçada: a virgem amedrontada antes que o sangue e a dor dessem lugar ao que, ela esperava, seria o êxtase. Entretanto, ela tomara uma decisão e, de alguma forma, a escolha a fortaleceu. Seus movimentos não denunciavam a insegurança.

Eu vou fazer e pronto, pensou. *Vou mesmo.* Jogou-se na manta preta e branca que cobria a cama, com uma timidez sedutora, e olhou para o escolhido como seu primeiro amante.

Ele estava olhando pela janela. Na verdade, tinha até pegado o binóculo na escrivaninha e o usava para enxergar melhor. Amy achou aquilo meio esquisito, mas estava absorta demais nos próprios sentimentos para se deixar abalar muito.

Peter Vincent voltou à TV assim que Amy começou a desabotoar a blusa. Mas aquele Peter Vincent era uns vinte anos mais velho que o do filme: o cabelo preto estava grisalho, e o rosto, forte e bonito, marcado pela idade e encovado de cansaço. Sua atuação era antiquada como sempre, mas o ar de vitória que ele dera a seus filmes fora substituído por uma aura de derrota. Com uma capa espalhafatosa e um terno preto amarrotado, parecia um vampiro que trocara o sangue por vitaminas de A a Z.

"Espero que vocês tenham gostado do nosso filme de hoje na *Hora do Espanto, O Castelo de Sangue*", falou em um tom sinistro e forçado. Atrás dele, lápides de isopor balançaram em um cenário brega de TV. Um fundo mal desenhado de céu e lua acima de um cemitério pendia, meio torto, de dois cabos visíveis. "É uma das minhas maratonas de filmes de monstros preferidas de todos os tempos..."

Amy parou de prestar atenção. Tinha chegado aos dois últimos botões, e Charley ainda não havia se virado para ela. *Pode ser que ele esteja tímido, só isso*, pensou ela, mas não acreditou muito nisso. Para começar, ele não fora nem um pouco tímido na hora de apalpá-la feito um animal; além disso, continuava com o binóculo colado à cabeça.

Se ele queria ver alguma coisa de perto, raciocinou Amy, era de se imaginar que apontaria o binóculo para os seios dela.

"Charley, estou pronta", disse baixinho.

Ele não respondeu. Ela repetiu as palavras, dessa vez em um tom um pouco mais alto. Não houve resposta. Meio irritada e, mais que isso, confusa, ela chamou outra vez:

"Charley!".

"Amy", disse ele de repente. "Você não vai acreditar, mas tem dois caras levando um caixão para dentro da casa aqui ao lado."

Dois caras — Peter Vincent e o fracote do Jonathan — carregavam um caixão na tela da TV. *O Castelo de Sangue* voltara do intervalo comercial.

"Vem aqui que você vai ver exatamente a mesma coisa", respondeu ela com um sorriso malicioso. "Com benefícios extras, aliás."

"Amy, tô falando sério."

"Eu também."

"Não, você não entendeu. Eles estão... Meu Deus, abriram a porta do porão no quintal e estão levando o caixão para dentro." Ele parecia nervoso de verdade.

Não era o único. Ela estava perdendo a paciência, e arrepios começavam a se formar na pele exposta. "Charley, para com isso e vem aqui. Tô ficando com frio."

A única resposta dele foi um murmúrio: "Meu Deus", acompanhado de uma leve mudança na posição do corpo.

"Charley", rosnou ela. "Você tá a fim de mim ou não?"

"Amy, vem cá, olha isso", disse ele. Foi como se ela não tivesse dito nada. "Juro por Deus, tá muito esquisito..."

"Tá bom, chega!", gritou ela, furiosa. Rolou para o lado e se levantou da cama, batendo os pés com força no chão. Abotoou a blusa enquanto marchava em direção à porta. Finalmente, Charley se virou.

"Você é um babaca mesmo, Charley", sibilou ela com raiva no olhar. "Esquece o que eu falei. Aliás, *esquece*", e abanou os dedos para enfatizar, "que a gente se conheceu."

"Mas... mas..." Charley ficou completamente travado, de boca aberta, segurando o binóculo inútil com as duas mãos. "Aonde você vai?"

"Pra longe de você." Amy agarrou a maçaneta e a virou com força. A porta se escancarou com um estrondo quando ela saiu e cruzou o corredor rumo à escada.

Todo o desejo se esvaíra dela como o ar de um balão furado. A raiva que tomou seu lugar era incandescente e mortal. Torcia para que Charley não fosse burro o bastante para tentar enfrentá-la. Seria capaz de incinerar os pelos das narinas dele.

Mas ele foi atrás dela, sim: saiu depressa pelo corredor, zurrando o nome dela feito uma criancinha com o nariz cheio de ranho. Ela terminou de abotoar a blusa e desceu as escadas com passos ruidosos, esperando que o barulho acordasse a mãe dele e o pusesse em uma encrenca.

"Amy, por favor!", gritou ele. Ela o ouviu correr para alcançá-la. "Você tem que acreditar em mim! Aqueles caras estavam fazendo alguma coisa muito esquisita..."

"O único esquisito aqui é você, Charley." A voz dela saiu controlada e repleta de veneno. Recusou-se a parar e a olhar para ele.

"Mas eles estavam levando um caixão!" Por fim, ele a alcançou e pôs a mão no ombro dela.

"*E daí?!*", gritou Amy, virando-se para encará-lo. Ele recuou, surpreso. Ela achou ótimo. "Escuta, se está tão interessado no caixão, por que não vai lá ajudar a carregar? Melhor ainda: por que não dá meia-volta e vai ver o chato do Peter Vincent? *Ele* ainda deve estar carregando um por aí!"

"Ele *não* é chato", respondeu Charley.

Amy tinha acertado no alvo ao tirar sarro do herói dele. *Tadinho*, pensou, sorrindo em meio à raiva.

"É o seguinte", anunciou ela. "Tive uma ideia melhor. Por que você não cava um buraco bem fundo e deita nele? Aí, quem sabe os vizinhos *te emprestem* o caixão!"

"Amy!"

Chegaram ao pé da escada ao mesmo tempo, Amy andando depressa até a sala de estar a caminho da porta da frente. Charley ficou um pouco para trás, o que para ela foi perfeito, pois significava que não precisava olhar para a cara dele. "Eu saio sozinha...", começou a dizer.

Foi então que uma voz na sala a fez parar de uma vez.

"Amy? Charley?", disse a voz, chilreando de maneira musical em notas agudas. "Alguma coisa errada?"

Era a sra. Brewster, sentada bem no meio da sala e diante da TV. Estava de costas para eles, mas conseguiam vê-la nitidamente. Amy ajeitou as roupas e o cabelo com movimentos frenéticos e percebeu Charley fazendo a mesma coisa. De repente, sentiu-se burra e maldosa.

"Estão tendo uma briga de casal?", inquiriu a sra. Brewster com doçura.

"Não, mãe. Não é nada disso." Charley passou à frente de Amy, entrando na sala. Parecia envergonhado. Ela sentiu uma onda súbita de empatia por ele.

"Bom, um bate-boca de vez em quando não faz mal a ninguém", comentou a sra. Brewster, virando-se para encará-los. "Hoje li um artigo em uma revista que dizia que a taxa de divórcio é 78% mais alta entre os casais que não brigam antes do casamento." Parecia achar essa estatística bem impressionante.

"Mãe, a gente ainda tá na escola", disse Charley em uma voz tristonha.

"Bom, é mesmo." Por um momento ela pareceu ficar confusa, depois sorriu. "Mas sempre é bom planejar com antecedência!"

Amy gostava da sra. Brewster. Era uma mãezona clássica, o tipo de dona de casa bonita que aparece nos comerciais de TV à tarde comprando aspirina infantil para os filhos. Baixinha, com quarenta e tantos anos, cabelo loiro platinado e um rosto que raramente deixava de sorrir. Era extremamente amável e mais do que um tanto bobinha... bem parecida com o filho.

Seria uma sogra maravilhosa, Amy se pegou pensando, e logo reprimiu essa ideia.

"Amy?", chamou a sra. Brewster. "Mande um abraço meu pra sua mãe, tá bom? E não a deixe esquecer que vamos jogar bridge na casa dela este fim de semana. Se ela fizer aquela torta de noz-pecã eu levo os bolinhos de queijo." Deu uma risadinha; a torta de noz-pecã de Becky Peterson era lendária.

"Pode deixar", respondeu Amy.

"Obrigada, meu bem. Você é um amor." Sorriram uma para a outra. *Como é que ela pode ser tão LEGAL?*, pensou Amy. A sra. Brewster acrescentou: "Obrigada por ajudar o Charley com a lição de álgebra. Essa matéria deixa ele doido, pobrezinho. Parece que não tem jeito. Sabe, eu *sempre* tive dificuldade com matemática nos tempos da escola!".

Deu mais uma risadinha. Amy conseguia imaginá-la dando essa risadinha em dia de prova nos anos 1950; tentou imaginar como era ser um adolescente naquela época, e não conseguiu.

Por um instante, perguntou-se como tinha sido o sr. Brewster, e por que ele a havia abandonado.

A sra. Brewster continuou a tagarelar sobre sua juventude, suas notas e uma amiga maluca que era apaixonada por um tal de Wally Cleaver, de um seriado da época. Por um instante, Amy voltou a atenção para Charley, imaginando se ainda estava brava com ele ou não, e o que *ele* estaria sentindo.

Charley estava olhando de novo pela porcaria da janela.

Ela acompanhou o olhar dele. De onde estava, não conseguia ver nada. Se ele estava entediado, era compreensível, mas também era falta de educação. *O mínimo que você pode fazer é fingir que está prestando atenção*, disse a ele em silêncio.

Estava irritada outra vez. Tentou não deixar que a sra. Brewster percebesse. "Bom, preciso ir", disse ela. "Prometi que estaria em casa à meia-noite e já estou meio atrasada."

"Ah! Então, boa noite! E cuidado no caminho para casa. Tem motoristas bêbados por aí." Mesmo quando falava sério, os traços faciais da sra. Brewster sorriam. Um hábito de longa data imortalizado na pele.

"Vou tomar cuidado", disse Amy. E, quase como se não pretendesse fazer isso, voltou-se para a janela e disse:

"Boa noite, Charley".

"A-hã. Boa noite", murmurou ele, distraído.

Foi a gota d'água. Tinha dado voltas e mais voltas com ele, e mesmo depois de ter lhe dito como se sentia, ele continuava sendo o mesmo babaca, apontando o binóculo na direção errada.

Charley só se virou depois que ela saiu batendo a porta.

"Foi falta de educação não acompanhar a Amy até a porta", disse a sra. Brewster.

"Hein?" A mente de Charley estava girando. Havia luzes acesas na casa ao lado. Ele não via luzes lá fazia mais de um ano.

"Foi falta de educação. Foi grosseria. Você sabe disso."

"É, mas..." Não havia como discutir. Ela estava certa. *Era mesmo* grosseria.

Mas o fato era que Charley tinha visto dois homens desconhecidos levando um caixão para o porão de uma casa abandonada. Agora, havia luzes acesas na sala de estar. Na opinião dele, Amy deveria ter prestado atenção nisso com ele em vez de ficar irritada. Para ele, não era nenhuma maluquice, pelo menos não maluquice *total*, querer saber o que estava acontecendo.

"Mãe, tem alguém na casa aqui do lado."

"Ah! Deve ser o novo dono!"

"*Que* dono?"

"Não te contei? Finalmente o Bob Hopkins vendeu a casa."

"Para quem?"

"Não sei. Pelo jeito, alguém que gosta de reformar casas antigas. Só espero que ele saiba onde se meteu. Aquela casa ia precisar de *muita* reforma antes de *eu* querer morar lá!"

E deu uma risadinha. A mãe de Charley sempre ria. Às vezes, aquilo dava vontade de esganá-la; às vezes, fazia com que a amasse mais. Naquela noite, era completamente irrelevante.

Ao fechar os olhos, ele ainda conseguia ver o caixão: enorme, enfeitado e arrematado em latão. Era uma peça linda e parecia extremamente antiga, o tipo de coisa que, em geral, ele cobiçaria; o tipo de coisa com que ele e Eddy Abo fariam a maior zoeira, o exibindo por aí no melhor estilo Peter Vincent.

Então, por que, ao vê-lo, sentira um calafrio horrível? E por que aquele pensamento não o deixava em paz?

Como se em resposta, o repórter do último jornal da noite apareceu na TV de rosto rechonchudo, terno esporte e o nome "Robert Rodale" em uma legenda diante do peito. "Boa noite", disse ele. "Este é o Plantão de Notícias da KTOR. Hoje, o corpo de um homem não identificado foi encontrado sem cabeça atrás da estação de trem de Rancho Corvallis...

Por reflexo, Charley voltou a olhar pela janela. As cortinas da casa ao lado estavam fechadas.

E o horror estava apenas começando.

2

O som do sinal encerrou a quinta aula, inundando com vida o saguão da escola Christopher L. Cushing High. Os alunos transbordaram pelas portas abertas, correndo pelo labirinto de corredores de sala em sala como ratos de laboratório em busca de queijo.

O êxodo da sala 234 foi um pouco mais letárgico do que o dos outros. Era a sala de aula do infame professor Lorre, o mestre da prova surpresa e inventor da lição de casa de dez toneladas. Desferira esses dois golpes em sua aula de Álgebra II do dia, e as vítimas não estavam lá muito felizes.

Charley Brewster se arrastou para fora da sala como quem sai de um acidente de trem. Segurava a prova com a mão frouxa. Um grande "F" vermelho adornava a página feito a marca do demônio.

"Desgraçado", resmungou. "Por que ele não avisou a gente?"

"Prova surpresa é para isso mesmo, Brewster. Para te pegar de surpresa."

Charley se virou sem entusiasmo para encarar o dono da voz atrás dele. Ed Thompson, ou Eddy Abo, para não chamá-lo apenas de Diabo, não era a visão mais agradável do mundo nem nos melhores momentos — e esse não era um deles.

Eddy era bem bizarro. Baixinho, com braços e pernas finos e compridos, penteado de Billy Idol e um rosto flexível capaz de se esticar e torcer de um milhão de formas malucas. Naquela hora, estava cheio de si, e o sorriso malicioso que abriu deixaria Jack Nicholson orgulhoso.

Eddy, claro, tinha arrasado no teste. Sempre arrasava. Era inteligente pra caramba. Por isso podia ser esquisito até dizer chega sem sofrer um arranhão. Também era essa a chave da sua popularidade, que era nula.

Na verdade, Charley era uma das poucas pessoas que ao menos falavam com Ed Thompson. Às vezes, ficava pensando por que fazia isso. A resposta era óbvia: eram os dois únicos fãs assumidos de filmes de monstros na Cushing High.

"Se anima aí, meu chapa. Se o pior acontecer, você pode bolar um diploma falsificado."

"Vai se ferrar, Eddy. Você é um pé no saco."

"Me chama do que quiser, chefia. Só que é você quem vai ser reprovado em álgebra, não eu."

Charley estava tentando pensar em uma resposta à altura quando avistou uma linda figura em sua visão periférica. Virou-se e viu Amy, de nariz empinado, abraçada aos livros enquanto saía da escola.

"Amy!", gritou ele, alegrando-se de repente.

Ela não reagiu. Charley sabia que ela o escutara. Sabia que ela sabia que ele sabia que o escutara. As reverberações desse pensamento ecoaram contra ele feito uma bala ricocheteando. Afundou ainda mais no desânimo e se apoiou na porta da escola enquanto ela sumia na multidão.

"O que foi?", perguntou Eddy com uma gargalhada. "Ela finalmente descobriu como você é de verdade?"

"Cala a boca, Eddie! Tô falando sério!"

"UUUU! UUUU!" Eddy abanou os dedos, fazendo o maior estardalhaço. "Tô paralisado de terror, Charlito! Tô borrando a fralda!"

"Babaca!", gritou Charley, partindo na direção de Amy. Não se falavam desde sábado à noite, e ele tinha medo de que ela nunca mais lhe dirigisse a palavra. Sabia que não a alcançaria — ia se atrasar para a sexta aula, não importava o que acontecesse —, mas um ímpeto instintivo fez com que a seguisse mesmo assim, em vão, piorando a situação cada vez mais.

Atrás dele, a gargalhada estridente de Eddy atravessou a multidão. Por algum motivo, Charley sentiu arrepios ao ouvi-la.

Andava arrepiado demais nos últimos tempos.

John Skipp & Craig Spector

3

O Mustang 68 vermelho-vivo de Charley embicou na garagem ao pôr do sol. Tinha passado as últimas duas horas dando voltas a esmo, com o rádio no último volume enquanto tentava refrescar a cabeça. A situação estava ficando esquisita lá dentro, e ele havia chegado ao ponto de ter que resolver as pendências.

Para começar, precisava pedir desculpas a Amy. Não sabia ao certo como fazer isso — estar errado não era um de seus passatempos preferidos —, mas sabia que não havia outro jeito. Nenhuma palavra conseguiria expressar o quanto tinha saudades, nem o tamanho do vazio que se formara dentro dele por não estar perto dela. O lado ruim do amor se manifestava pela primeira vez. Ele não só *queria* vê-la: *precisava* vê-la, com cada fibra de seu ser. E precisava inventar um plano que os juntasse outra vez, não importando o quanto precisasse se humilhar para isso.

Isso era só o começo.

Depois, vinha a casa ao lado. Precisava parar de pensar naquela história do caixão. Tinha visto o caixão, *sim*, e era uma coisa esquisita de se ter, *sim* de novo. Porém, como percebera antes, era o tipo de coisa que *ele* toparia ter sem pensar, se tivesse dinheiro para isso. Era uma coisa *bem* legal para se ter. Talvez, se arranjasse coragem, passasse por lá para visitar os vizinhos excêntricos o bastante para investir em um objeto daqueles.

A lição de casa vinha em terceiro lugar. Era óbvio que ele precisava tomar uma atitude se não quisesse repetir de ano. Não era o caso de ser burro demais para entender; é só que, em geral, não dava a mínima.

Mas não queria passar mais um ano na mesma série enquanto seus amigos avançavam rumo ao último ano da escola. Não queria ganhar fama de cabeça oca total. Quer gostasse ou não — quer aquilo fizesse sentido ou não —, teria que arregaçar as mangas e aprender o que queriam que soubesse.

A álgebra era o maior problema. Era a primeira matéria em que precisava investir. *E se eu me der bem*, pensou ele, *Amy vai ficar impressionada comigo. Ela vai vir em casa me ajudar e descobrir que eu já sei tudo. Vai ficar chocada! Talvez ela até desmaie, aí posso tirar a roupa dela antes que ela tenha tempo para discutir.* Ele não sabia o que havia perdido no sábado à noite. Não vira a blusa dela aberta.

Charley estacionou o carro e desligou o motor com um suspiro profundo. Sua mãe ia querer saber por que estava atrasado, e teria que inventar uma desculpa. Ela não era implicante, só achava que precisava saber cada detalhezinho do que acontecia na vida do filho. Charley ficou pensando se todas as mães do mundo eram assim.

Um táxi virou a esquina e entrou na King Street assim que ele saiu do carro. Foi uma surpresa, porque era muito raro um táxi passar pela vizinhança. Rancho Corvallis era uma cidadezinha dominada pelos automóveis particulares: o serviço de ônibus era péssimo e a única empresa de táxis devia ter no máximo seis carros. Charley parou para observar aquela anomalia ir em direção a ele. Ficou perplexo ao vê-la parar na frente da sua casa.

E mais perplexo ainda quando a garota mais sensual que já tinha visto saiu do táxi e o encarou.

Era uma loira de olhos azuis inacreditavelmente linda. Tinha um corpo capaz de causar uma parada cardíaca até em organismos unicelulares, dentro de um vestido que agarrava cada uma daquelas curvas como se a existência dele dependesse disso. Quando ela sorriu, Charley sentiu os joelhos virarem manteiga derretida.

"Aqui é o número 99 da King Street?", perguntou a garota, bancando a mocinha perdida. A visão daqueles lábios sexy fazendo biquinho fez Charley sofrer uma sobrecarga hormonal.

"Hã-mm-hã", disse ele.

Ela o encarou, intrigada. Não entendeu que ele estava tentando pôr a boca para funcionar.

"Hã, n-não", respondeu ele. "É a c-casa aqui do lado." Apontou com o dedo trêmulo.

"Obrigada", ronronou ela, sorrindo. O efeito foi devastador. De alguma forma, Charley teve a impressão de que ela sabia o que estava provocando nele. Mesmo depois que ela deu as costas, proporcionando uma vista espetacular da retaguarda, ele percebeu que parte dele a acompanhou — comendo na palma da mão dela.

Charley assobiou baixinho, admirado, enquanto ela partia. Olhando para trás, ela sorriu para ele. Tinha ouvido o assobio. Ele ficou meio corado, mas não pôde deixar de sorrir também.

Será que ela vai estar sempre por aqui?, pensou. Torcia por isso, embora essa esperança talvez não levasse o vizinho novo a simpatizar com ele. *Sei lá quem é o cara*, pensou Charley, *mas tem muito bom gosto. Sortudo do cacete.*

Viu a garota andar até a casa antiga e apertar a campainha com o dedo delicado. A porta se abriu quase no mesmo instante. Charley não conseguiu ver quem a abriu. Mas a garota ainda estava sorrindo ao entrar na casa, e isso dissipou o nervosismo dele.

Estava tudo normal no mundo.

Naquela noite, após muitas horas de escuridão, Charley foi até a cozinha pegar bolinho de queijo e Coca-Cola. Sua mãe estava à mesa, sonolenta, lendo o jornal da tarde. Tinha trabalhado o dia todo, e ele sabia que ela não aguentaria ficar acordada por muitas horas mais.

Na casa antiga, as luzes estavam acesas. Ele pensou de novo na garota e olhou pelas janelas na esperança de ter um vislumbre dela. Todas as cortinas estavam fechadas. *Então tá*, pensou, distraído, voltando-se para a mãe.

"Mãe, você já viu o vizinho novo?"

"Não", respondeu ela, bocejando. "Mas ouvi falar umas coisinhas."

"Que coisinhas?"

"Bom, o nome dele é Jerry Dandrige. É jovem e ouvi dizer que é muito bonito." Deu uma risadinha e bocejou ao mesmo tempo, uma verdadeira proeza. "Também ouvi dizer que tem um carpinteiro morando com ele. Com a sorte que eu tenho, eles devem ser gays."

Charley sorriu e franziu a testa. "Não", comentou. "Acho que não."

"Hein? O que é que você está sabendo que eu não sei?" Ela se inclinou para a frente na cadeira, quase ávida.

"Ah, nada, não." Ele abriu a geladeira e tirou uma lata de Coca do engradado. Uma olhada rápida no balcão revelou que não havia bolinhos de queijo. "Acabou o salgadinho?"

"Infelizmente." Pausa. "E aí, o que você sabe do Jerry Dandrige?"

"Nada. Já falei."

"Acho que você está... ", bocejo, "... me escondendo alguma coisa."

"Não tô, não. Sério." Ele deixou a porta da geladeira se fechar sozinha e foi para a sala. "Olha, preciso ir para o quarto estudar mais um pouco, tá?"

"Você está *estudando*?" Ela demonstrou uma surpresa genuína.

"O que você acha que eu estava fazendo esse tempo todo?", respondeu Charley sem parar no caminho. Quando estava subindo a escada até o quarto, ouviu uma resposta abafada e ininteligível.

Mas era a verdade. Estava estudando desde que terminara de jantar. A escrivaninha era uma bagunça de livros e cadernos: Inglês III, Governo e Geografia dos Estados Unidos, e a temida Álgebra. Havia muita lição de casa de aulas anteriores que ele não havia feito, o bastante para ocupá-lo a noite inteira.

Já tinha dado conta de quase todos os exercícios fáceis. Agora vinha a parte difícil, que o deixava doido. Sentou-se e olhou para o livro aberto. O conteúdo o fez querer gritar.

"É essencial memorizar esta regra: *o quadrado da soma de dois termos é igual ao quadrado do primeiro termo, mais o dobro do produto do primeiro termo vezes o segundo termo, mais o quadrado do segundo termo.*"

"Tá bom", resmungou ele. Já se perdera na primeira pirueta de lógica. Olhou para a equação que deveria expressar em algarismos.

$(a+b)2 = a2 + 2ab + b2$

"Tá, beleza." Meio que parecia fazer sentido quando se olhava para os números, embora ele não soubesse ao certo como. Para ele, a explicação ainda era puro besteirol.

Abriu a Coca e tomou um grande gole. Se alguém lhe oferecesse uma cerveja, ele a tomaria de uma virada só. *Querem que eu memorize essa merda*, reclamou em silêncio, *e não consigo nem descobrir do que estão falando.*

Estava bem no meio do gole quando um grito rasgou a noite.

O líquido gaseificado e açucarado espirrou pelo ar, pintando a escrivaninha, os livros e folhas de papel com um milhão de gotículas castanhas. Ele engasgou, sentindo as bolhas queimarem as narinas, ardendo como fogo na garganta contraída. Seus olhos se encheram de lágrimas. Cobriu o rosto descontente com as mãos.

Quando se recuperou, o grito silenciara havia muito tempo. Tinha durado no máximo um segundo e fora tão fraco que quase poderia ter sido produto da imaginação.

Mas ainda ecoava na mente de Charley: o eco nítido de um som apavorante, um instante de horror que se contorcera no ar. Depois, silêncio.

Um silêncio terrível e absoluto.

Charley olhou pela janela. Na casa de Dandrige, todas as luzes estavam apagadas. A escuridão cobria as paredes. Ele não sabia ao certo se o grito saíra de lá.

Mas, ao pensar naquela garota linda, não tinha mais uma lembrança agradável. O rosto dela e o grito estavam inextricavelmente vinculados.

Charley duvidava que voltaria a ver aquele rosto e ouvir aquela voz.

A lição de álgebra ainda estava aberta diante dele. Ficou impressionado com o fato das gotas do refrigerante parecerem sangue.

4

Charley estava sentado na cabine de sempre na lanchonete Wally's, sonolento, coçando a testa. Diante dele, um Wallyburger aguardava a dose exagerada de mostarda, ketchup e alho em pó.

Charley estava distraído. Tinha esquecido o hambúrguer. Também não reparava na meia dúzia de videogames fazendo *plins* e *plans* ao fundo. Nem nos jogadores que fumavam e riam, absorvendo a mais nova radiação recreativa do momento. Nem na barulheira truncada da telenovela *The Young and the Restless* passando na TV parafusada à parede e apontada diretamente para ele.

O caos ininterrupto que formava a trama diária do Wally's — Paraíso do Hambúrguer, a meca adolescente do Shopping Rancho Corvallis — não alcançava Charley. Não queria nada além de continuar massageando o rosto, como se o ato pudesse, por mágica, revitalizar sua mente atormentada.

"Meu dia foi um desastre", gemeu ele. "Minha *vida* é um desastre..."

O hambúrguer continuava lá em silenciosa solidariedade. Apático, Charley o besuntou com temperos.

Aquela injustiça estava totalmente além de sua compreensão. *Passe a noite em claro estudando, depois pegue no sono na aula do Lorre. Parabéns, Brewster. Que otário. Vai ficar de recuperação pelo resto da sua vidinha besta.*

Pensar nisso fez seu estômago se revirar formando nós bem apertados. Encarou o hambúrguer, depois o empurrou para o lado. Sua vida estava arruinada, completamente arruinada.

"Amy me odeia", resmungou. "As palavras pararam na garganta feito um gole de leite azedo. Três meses de emoção sincera e pura esperteza animal foram por água abaixo. *Agora ela nunca vai transar comigo. Puta merda, nem* falar *comigo!*

Imaginou se Peter Vincent tinha esse tipo de problema com as mulheres.

Não, pensou. *Peter Vincent não tem esse tipo de problema. Peter Vincent também não fica todo atrapalhado por causa do caixão de um cara sinistro aí. Peter Vincent enfiaria uma estaca no coração de um vampiro com uma das mãos ao mesmo tempo que agarrava uma* fraulein *oxigenada e peituda com a outra.*

Ficou tão perdido ao pensar em Peter Vincent que não percebeu quando Amy sentou no sofá da cabine ao seu lado. Por um instante, ela ficou olhando para ele, vendo suas mãos quase abrirem buracos de tanto que apertavam a testa. Obviamente estava em desespero.

O coração de Amy se derreteu um pouquinho. Ela usou sua voz mais doce para ronronar: "Oi, Charley...".

Não houve resposta. Ele devia estar perdido sem ela. Sem desanimar, tentou mais uma vez:

"*Oi*, Charley..."

Ele ergueu o rosto. Seus olhos a encontraram, arregalando-se de surpresa. "Amy?" E recuperou um pouco da consciência. "Amy! Olha, me desculpa mesmo pelo que aconteceu naquela noite. Eu sou uma besta. Eu..."

"A culpa foi minha, não sua", disse ela, pura doçura.

"Foi?" Não era a resposta que ele esperava. Ficou tão atordoado que parecia ter levado uma paulada na cabeça.

"A-hã..." ela assentiu, muito sedutora, e tocou de leve a mão dele.

Charley quase desmaiou. Não ficaria tão surpreso nem se o próprio Deus Todo-Poderoso descesse do céu e espirrasse água com gás na cara dele. *É a minha chance*, pensou.

Afagou a mão dela. "Olha, Amy. Eu te amo. Me desculpa por aquela noite. Nunca mais quero brigar com você. Tá bom?"

Amy apoiou as costas no sofá e sorriu. "Nossa, que bom que a gente está resolvendo esse mal-entendido. Andei muito triste esses dias, Charley, e..." Ela hesitou, baixando o olhar para a mesa, "... acho que quero continuar de onde a gente parou. Quem sabe hoje à noite?"

Não houve resposta.

"Charley?" Amy ergueu o rosto, sorrindo.

O sorriso ficou paralisado quando ela percebeu que Charley tinha se levantado e estava cruzando o Wally's a caminho da TV na parede.

"*Charley, tá me ouvindo?*"

Ele não ouvia ninguém. Sentia que toda a sua consciência fora enfiada em um rojão e disparada contra a tela da TV. O mundo inteiro — incluindo o amor, Amy, os Wallyburgers e o sexo — tinha se dissipado em um miasma de gosma cinzenta enquanto ele fitava a tela, paralisado pelo noticiário das 16h.

Mais um assassinato. O rosto da vítima brilhava na tela.

Um rosto familiar até demais.

É a gata. Sua mente girava. *Aimeudeus, eu a vi ontem mesmo...*

... Aquele grito...

Apurou os ouvidos em busca do som, parando no meio do pensamento.

"... a polícia está procurando mais pistas do assassinato brutal de Cheryl Lane, a prostituta que parece ter sido a vítima mais recente do Assassino de Rancho Corvallis. As autoridades argumentam que... "

"Sabe o que eu ouvi ontem à noite na frequência da polícia?"

A atenção de Charley voltou ao presente. Ele se virou e viu Eddy Abo a seu lado, sorrindo feito um pateta. Charley fez uma careta.

"Se te conheço, não deve ser nada de bom."

Eddy sorriu ainda mais. "Teve dois assassinatos idênticos nos últimos dois dias, Brewster. E escuta só *essa*", acrescentou, radiante. "As duas pessoas foram *decapitadas*! Não é uma doideira?" Ele riu. "*Hora do Espanto* o cacete, Charlito. Tem um monstro *de verdade* por aqui!"

"Você é doente, Eddy. Pra valer."

"Ô Charleeey... " Uma voz do passado chegou por trás. Charley ficou paralisado.

"Amy...?", começou a dizer.

Charley se virou e levou um Wallyburger frio bem no meio da cara. De quebra, Amy ainda o esfregou, fazendo o tempero transbordar dos lados e pingar no colete dele. Eddy saiu de perto às pressas, divertindo-se horrores com o espetáculo.

Amy terminou de esfregar e soltou o pão amassado, que ficou bem onde estava, colado ao rosto dele como em um desenho animado da Warner Bros. Ela deu as costas e saiu com passos duros, furiosa, mas triunfal.

"Amy..." Charley ficou parado ali, com anéis de cebola escorregando pela cara, absolutamente ridículo. A multidão o olhava de relance, dando risadinhas. Eddy voltou saltitando, murmurando "ai, coitadinho" e limpando maternalmente os pedaços de carne moída com um guardanapo.

"Uuuu, Brewster, você é *tão* legal. Tem o maior jeito com as mulheres..."

"Amy!", gritou Charley, mas era tarde demais.

Amy tinha saído havia muito tempo.

5

O Mustang Shelby entrou com tudo na rua e passou pela entrada com precisão experiente, fazendo a curva atrás da casa dos Brewster e indo para dentro da garagem sem dificuldade. Passou a centímetros do cortador de grama e das ferramentas de jardinagem empilhadas de qualquer jeito, parando pouco antes de abrir um buraco na parede dos fundos.

Charley estacionou e desligou o motor. Espiou seu reflexo no espelho retrovisor: tinha lavado muito bem o rosto, mas no colete ainda havia algumas manchas de mostarda e ketchup para contar a história. Era só o que faltava: ter que explicar tudo para sua mãe. *Meu Deus...*

Pegou os livros e saiu da garagem. A casa do vizinho estava diante dele, ameaçadora, como se estivesse só esperando por uma chance de pular a cerca, cruzar a calçada e...

Ele balançou a cabeça. *Que besteira.* A casa estava desocupada havia anos. É claro que parecia uma casa assombrada clássica — às vezes, ele ficava pensando se ter passado tantos anos olhando para lá pela janela do quarto havia deformado sua mente —, mas nunca havia passado uma impressão tão agourenta.

Até a noite passada.

Até ouvir o grito.

Charley observou a lateral da casa: tinha três andares, era vitoriana e imponente. A maior casa daquele quarteirão, e a mais antiga. Não tinha envelhecido bem; havia muito tempo, a elegância dera lugar a uma decrepitude descascada e lúgubre.

Duas vezes maior e dez vezes mais feia, Eddy Abo gostava de dizer.

Uma cerca viva baixa e malcuidada ao longo da entrada da garagem separava as duas propriedades. A grama do vizinho tinha crescido ao acaso, isso onde não havia morrido. Ervas daninhas infestavam a base da casa, cobrindo em parte as janelas do porão (*por onde não dava para enxergar nada mesmo, saco!*), a porta do compartimento de carvão havia muito esquecido... *e a porta do porão.*

Aonde levaram o caixão.

Os pés de Charley começaram a se mexer antes que o cérebro mandasse, levando-o a cruzar a calçada antes que pudesse contestar a decisão. Não que ele fosse resistir muito.

Precisava saber o que estava acontecendo.

E só havia um jeito de descobrir.

(*Hora do Espanto o cacete, Charlito. Tem um monstro de verdade por aqui!*)

Deixara os livros empilhados na entrada da própria casa e abrira caminho pela cerca viva. Do outro lado, o jardim estava ainda pior. Ele olhou ao redor, precavido — sua própria casa parecia um oásis de alegre vida suburbana — e se esgueirou até a porta do porão.

Charley subiu na porta e tentou espiar pelas janelas. Não deu sorte; havia cortinas, cobertores ou sei lá o que em cada janela do primeiro andar.

Desceu e observou a porta do porão. Era do tipo inclinado, com duas folhas de aço grandes e pesadas, bem resistentes e quase tão antigas quanto a própria casa. Ele pegou a alça e puxou.

Que nada. Uma fechadura de cilindro nova em folha fora instalada. A marca era chique, o tipo de fechadura que as pessoas da cidade grande talvez precisassem. *Mas aqui no bairro?*, pensou ele. *Ninguém aqui precisa de tanta segurança.*

A não ser que tenha alguma coisa a esconder.

Estava prestes a se ajoelhar e espiar pelas janelas do porão quando uma voz o paralisou no ato.

"Aí, garoto! O que você acha que está fazendo?"

Se Charley tivesse almoçado, provavelmente vomitaria. A voz não era apenas severa, nem só grosseira. Era *fria*: o tipo de voz que diz *já matei por menos que isso*, e fala com a mais pura sinceridade.

Charley armou sua expressão mais descontraída e se virou. Logo preferiu não ter feito isso.

A fonte da voz era, sem a menor dúvida, um dos carregadores do caixão. Parecia um cruzamento de Harrison Ford com Anthony Perkins: tinha traços angulosos e fortes, e olhos profundos debaixo de sobrancelhas proeminentes.

Aqueles olhos... Frios. Insondáveis. Qualquer pretensão de ser atraente acabava naqueles olhos. O homem deu um passo adiante. Por instinto, Charley recuou, quase tropeçando na porta do porão. Estava muito perto de entrar em pânico, procurando uma desculpa.

"Ah, *n-n-nada*", gaguejou.

O homem usava uniforme de trabalho, incluindo um avental de carpinteiro em volta da cintura. Segurava um grande martelo na mão direita, usando-o para gesticular e transbordando ameaças implícitas. Ele sorriu, ou melhor, arreganhou os lábios para exibir dentes perfeitamente alinhados. Não havia nenhuma simpatia naquela expressão. Os olhos permaneceram imóveis.

"Então continue assim, garoto. O sr. Dandrige não gosta de visitas inesperadas."

"Hã, sim, senhor, claro, pode deixar." Charley balbuciou mais um pouco, tentando de todo jeito aparentar indiferença quando parte da mente não parava de gritar *nãomematanãomematanão*... Bateu em retirada com a maior elegância possível, dadas as circunstâncias, com suor frio escorrendo pelas costas enquanto atravessava a cerca viva.

Quando teve coragem de olhar para trás, fingindo estar muito descontraído, ao parar para recolher os livros, o homem não estava mais lá. A casa pareceu ficar um pouco mais sombria, mais gigante, mais... morta.

Charley esperava que fosse só sua imaginação.

John Skipp & Craig Spector

6

A Banda da Marinha soprou seus últimos acordes majestosos, os aviões dos Blue Angels partiram em uma formação compacta rumo ao pôr do sol e Charley inclinou a cabeça para trás, de boca aberta e ronco engatado no maior volume.

O Canal 13 encerrou a programação da noite. O chuvisco trêmulo tomou conta da tela da TV — a única luz no quarto.

Era para ele estar de tocaia, mas não se saiu muito bem nisso. Faltava vigor. Havia organizado tudo muito bem: luzes apagadas, uma cadeira confortável, o binóculo e um estoque respeitável de petiscos. Estava decidido a saber se alguma coisa estranha ia acontecer.

Porém, depois de quatro horas olhando com atenção para o exterior absolutamente escuro da casa do vizinho, o tédio e a fadiga o venceram. Se estivesse acordado, veria o táxi parar e descarregar um passageiro solitário. Veria a pessoa desconhecida subir os degraus na entrada da casa ao lado e a luz se acender pouco depois.

A luz na janela. Bem do outro lado da cerca viva.

Em vez disso, Charley dormiu.

E, dormindo, sonhou.

No sonho, havia música: uma música perturbadora e sensual que pulsava, piscava e parecia atravessar o corpo dele. E vozes: sussurros que ciciavam como folhas secas, baixos demais para entender, mas implacáveis.

Havia alguém naquele cômodo. Uma presença quente, pulsante. O ar estava repleto de um odor almiscarado.

Sentiu o toque de uma mulher. Vibrante, voraz. Ele tateou às cegas, encontrou a barriga dela, os seios, o pescoço.

O pescoço era lindo.

Ele a desejava muito.

Jogando o cabelo dela para trás, beijou aquele pescoço, esfregando os dentes nos músculos tensos, saboreando a pele salgada. Sentia a necessidade arder dentro de si: precisava tocar, saborear, beijar...

Abraçou o corpo dela com mais força. Ela virou o rosto para olhar nos olhos dele...

... e os olhos dela brilharam, de um tom vermelho-vivo e feroz, afundados na pele franzida, o rosto todo contraído e envelhecido, a boca escancarada revelando dentes incrustados de placa, longos e muito, muito afiados. Ela cravou as unhas na coluna lombar dele e...

Charley acordou assustado.

"Que sonho esquisito", murmurou, esfregando os olhos, desorientado. Foi então que ouviu a música.

Vinha da janela do outro lado da calçada. Também havia luz. Endireitou as costas, pegando o binóculo.

A cortina estava aberta, proporcionando uma vista livre do que estava acontecendo no quarto. A garganta de Charley ficou seca. A música vinha dali.

Uma música perturbadora, sensual...

A janela estava aberta e a brisa da noite agitava as cortinas. Havia uma linda jovem na frente da janela, rebolando em movimentos sedutores ao ritmo da música. Sua blusa estava aberta, expondo parte do tronco.

Era um belíssimo tronco. Charley engoliu em seco e colou o binóculo aos olhos.

A mulher rebolou, ficando ainda *mais* sensual, se é que isso era possível. Olhava para alguma coisa a média distância, como se hipnotizada pelo que via ali. Então, para o mais absoluto espanto de Charley, ela tirou a blusa e ficou parada, com o tronco reluzindo à luz do luar.

Charley raramente via um corpo feminino tão atraente e descaradamente nu. Esticou a mão, desligou a TV e se envolveu na escuridão, assistindo a tudo.

Ela era incrível: baixinha, com cabelos na altura dos ombros, lábios carnudos e seios maravilhosos. Charley mordeu o lábio com força. *Quem é esse cara?*, pensou.

Como é que ele arranja essas mulheres?

E o que está fazendo com elas?

Estava perplexo. De qualquer jeito, ela não parecia estar em perigo. Na verdade, parecia estar se divertindo muito. Passou a oscilar para lá e para cá, lânguida, balançando os seios no sutiã. Em dado momento, virou-se e olhou diretamente para Charley. Ele se abaixou, com medo de ser visto.

Mas ela não o viu. Tinha certeza. Alguma coisa nos movimentos dela o confundia; eram fluidos demais, sonhadores demais...

Está drogada. A ideia lhe ocorreu. *Ou hipnotizada. Sei lá.* De repente, pensar nisso o assustou; teve vontade de pôr a cabeça para fora da janela e chamá-la.

Foi então que Dandrige apareceu.

O homem era, à sua maneira, tão lindo quanto a garota. Atravessou o quarto como se flutuasse vários centímetros acima do chão e, quando alcançou a garota, pareceu pairar mais do que se apoiar nos pés. Tocou os ombros da jovem, que pareceu tensa de expectativa.

Por um momento, Dandrige massageou os ombros dela com ternura, depois estendeu a mão e, muito hábil, abriu o fecho do sutiã dela com uma graça e economia de movimentos que impressionaram Charley quase tanto quanto o ato em si.

O sutiã escorregou para o chão. Os mamilos dela estavam rígidos. Dandrige pegou um seio em cada mão. Ela arqueou as costas, abrindo os lábios.

Charley, enquanto isso, estava perdendo o controle. Era crueldade demais. Sua namorada o odiava, ia ser reprovado em álgebra e o vizinho o ameaçava com carpintaria letal. Agora, *aquele* cara estava apalpando a garota dos sonhos dele.

A garota dos sonhos dele...

Ele endireitou as costas na cadeira. A garota na janela, nos braços de Dandrige...

... era a garota do sonho dele.

Charley olhou pela janela. Dandrige, ainda segurando um dos seios da garota, usou a outra mão para afastar o cabelo dela da curva do pescoço. Beijou o pescoço dela, roçando os dentes nos músculos tensos. Os olhos dela perderam o foco. Os lábios se mexeram, sussurrando algo imperceptível, baixo como o farfalhar das folhas secas. Dandrige sorriu, mostrando os dentes.

"Ah, não", gemeu Charley. "Ai, meu Deus, não... "

Os dentes de Dandrige eram longos e muito, muito afiados. Charley arfou e largou o binóculo, que caiu no chão com um baque.

Dandrige parou com os dentes a poucos centímetros daquele pescoço. Charley afundou ainda mais na escuridão do quarto, incapaz de desviar o olhar. Dandrige parecia estar olhando diretamente para ele. *Através* dele.

Com olhos vermelhos como carvões incandescentes.

Charley sentiu as entranhas se revirarem. "*Não*"... sussurrou.

Dandrige sorriu. Tinha dentes longos e amarelos.

Ele estendeu a mão, agarrando a cortina com dedos longos e tortos, e a baixou bem devagar, languidamente.

E se despediu com um aceno.

"*Mãe!*" Charley disparou pelo corredor, batendo na porta do quarto dela com todas as forças. "*Mãe!*"

Judy Brewster estava nocauteada na cama, perdida em uma terra de sonhos induzidos por um sonífero. Uma máscara de dormir feita de cetim rosa cobria muito bem toda a metade superior do rosto dela. A entrada dramática de Charley mal serviu para fazê-la recuperar os sentidos. "Charley?", perguntou sonolenta.

"*Acorda*, mãe!" Ele estava fora de controle, abanando os braços sem parar. "Não dá pra *acreditar*. Mãe! Meu Deus!"

Judy olhou para o filho como se ele fosse um emissário do planeta Zontar. "Que foi?", perguntou com voz de sono. "Do que você está falando?"

"Ele tem *presas*, mãe! O cara que comprou a casa tem *presas*!"

"Charley..."

"Tô falando SÉRIO!" A voz dele ficou tão aguda que teria feito um cachorro ganir. Fez um esforço para falar em um tom normal. "Eu vi o cara pela janela com meu binóculo, mãe! Tô falando, ele tem *presas*!"

"Binóculo? Charley, isso é *espionagem*! É falta de educação."

"PRESAS, mãe! Presas COMPRIDAS!"

"Ah, Charley." Ela deu um bocejo enorme e se virou de costas. "Amanhã tenho que estar no trabalho às 7h."

Charley ficou olhando para a mãe, incrédulo. Estava prestes a experimentar outra abordagem, como estrangulamento, quando a porta de um carro bateu lá fora. Voando até a janela, viu o faz-tudo do vizinho sair de um Jeep Cherokee preto e reluzente. Estava com a caçamba aberta, como se esperasse uma carga pesada.

"*Argh!*" Charley saiu do quarto da mãe com a mesma rapidez com que tinha entrado.

Judy sentou-se na cama. "Charley?", chamou ela.

Charley saiu pela porta dos fundos e correu pela calçada até a cerca viva. A porta dos fundos da casa de Dandrige estava escancarada. A luz da varanda era a única fonte de iluminação.

O coração palpitava depressa, enviando sangue às têmporas. A fadiga, o cansaço físico e o terror se misturavam em seu íntimo, deixando-o zonzo. Agachou-se em meio às moitas, nauseado.

O faz-tudo saiu pela porta dos fundos carregando um pacote grande embrulhado em plástico e amarrado com barbante grosso. Um buraco imenso se abriu na boca do estômago quando Charley adivinhou o que havia lá dentro.

O faz-tudo jogou o pacote sem a menor cerimônia na caçamba do jipe. Estava prestes a entrar no carro, e Charley prestes a vomitar, quando o som de asas coriáceas paralisou a ambos.

Charley olhou ao redor, com medo de se mexer, até de respirar.

As asas esvoaçantes terminaram em um alvoroço de movimentos à esquerda dele. Observou a fachada escurecida da casa de Dandrige, procurando a fonte daquele som.

A menos de três metros dali, a noite pareceu ficar ainda mais escura, condensada, tomando a forma de um homem. O espectro se solidificou e andou pelo gramado em direção ao jipe.

"Pegue. Você esqueceu."

Era Dandrige. Ele jogou uma bolsa para o serviçal.

A bolsa do pacote.

O homem a pegou com uma só mão e fez que sim, voltando-se para o jipe.

Nas moitas, Charley estava reprimindo um grito quando um facho de luz rompeu a escuridão atrás dele. Ele se abaixou ainda mais, temendo o inevitável. "Charley? Charleeey?" *Valeu, mãe.*

Estava apavorado. O homem e a sombra ficaram parados. Viraram-se, procurando a presença dele na escuridão. Dandrige chegou a dar alguns passos na direção dele.

Charley se levantou com um salto e correu como nunca, de volta à sua mãe, ao conforto da casa e a tudo mais que pudesse encontrar pelo caminho. Desapareceu na segurança relativa da cozinha.

"Moleque desgraçado", sibilou o faz-tudo, tentando ir atrás dele. Dandrige o deteve, erguendo a mão em um gesto que pedia paciência.

"Billy", disse o mestre com um sorriso generoso. "Vamos ter tempo para isso depois. *Bastante* tempo."

Judy se ocupou na cozinha, mais por força de hábito do que por qualquer outra coisa. Olhou para o filho.

Coitadinho. Anda estudando demais.

"Pronto, meu bem. Toma um pouco de chocolate quente."

"Mãe, eu *não preciso* de chocolate quente! *Não foi* pesadelo! Tô dizendo que aqueles caras *mataram* uma garota hoje!"

Judy tocou a testa dele para ver se estava com febre. Estava fria ao toque. *Será que foi alguma coisa que ele comeu?*

"MÃE! *Não tô* doente!" Charley afastou a mão dela. "O cara *tinha presas*! Um *morcego* voou por cima da minha cabeça! E o Dandrige *saiu das sombras*!" Estava irritado. "Você sabe o que isso quer dizer, né?"

Judy o encarou, preocupada. "O que, meu bem?"

"Ele é um VAMPIRO!"

7

"O *quê*?" Naquele momento, o rosto de Amy tinha uma semelhança medonha com o da mãe de Charley.

"Um *vampiro*, cacete! Você não ouviu nada do que eu disse?"

"Charley." A voz dela saiu monótona e meio desanimada. "Isso é uma baita criancice, sabia? É um jeito bem bobo de tentar me reconquistar."

"Esquece", rosnou Charley, indo até a porta. "Vou chamar a polícia."

Estavam na cozinha de Amy em uma tarde alegre e ensolarada. Era um cômodo espaçoso e limpo, pintado em cores vivas, inundado pela luz que entrava pelas janelas salientes e imensas. Era um lugar improvável para um confronto decisivo, mas isso não fazia a menor diferença.

"Charley, isso é loucura!"

"Nem me fale." A voz dele saiu bruta como uma pancada.

Amy correu para se colocar na frente dele, bloqueando a porta. Tinha desespero no olhar. Agarrou os ombros dele enquanto o olhava nos olhos.

"Charley. Para. Escuta", pediu ela. Ele parou e ouviu, mas sua expressão dizia que não estava escutando de fato. "Você não pode contar uma história dessas para a polícia. Vão te prender. Tô falando sério."

"Tá bom, tá bom. Não vou falar nada sobre o vampiro. Mas pode ter certeza de que vou contar o que aconteceu com aquelas garotas!"

Amy ia dizer alguma coisa, mas ele se desvencilhou de suas mãos, passou por ela e abriu a porta de uma vez.

"Charley!...", chamou, mas ele a ignorou.

A porta se fechou com força assim que saiu.

Amy ficou lá, tomada pelo medo de algo inominável. O termo "psicose paranoica" não era parte ativa do seu vocabulário.

• • •

"E você tem certeza disso." Não era tanto uma pergunta, era mais uma declaração, com um contexto implícito: *Se você estiver mentindo, vou te encher de porrada.*

A voz em questão era grave e estrondosa.

Emanava da figura imensa do tenente detetive Lennox. Era um agente da divisão de homicídios da polícia de Rancho Corvallis e não estava acostumado a ter muito o que fazer. Também não estava acostumado a ficar na reta, entre a gritaria do povo e a pressão dos superiores. E muita gente pé no saco tinha telefonado para falar do caso, por isso já estava cansado de seguir tantas pistas falsas.

Lennox era um dos poucos negros na força policial de Rancho Corvallis; além disso, era o primeiro. Tinha um corte afro curto e grisalho, cada vez mais branco, bigode preto e pele bem escura. Usava um terno cinza sério, com colete cinza, camisa branca e gravata listrada com um nó rígido. Não tinha pescoço. Parecia muito capaz de encher Charley de porrada.

Para Charley, não era agradável pensar nisso. Fez que sim com muita ênfase, rezando para não estar mesmo imaginando coisas, e o policial o acompanhou até a porta da casa de Dandrige.

Por trás das cortinas, alguém os observava. Charley viu a silhueta sombreada na janela. Um arrepio de pavor tomou conta dele e se recusou a ir embora, piorando a cada passo que dava.

Chegaram à porta, Lennox ergueu a mão enorme e bateu com firmeza. O som ecoou pela casa silenciosa, efeito que se ouviu nitidamente do lado de fora. Foi como se tivessem batido na porta de uma caverna.

A seguir, passos pesados e lentos. Charley sentiu o medo crescer até um nível quase intolerável, formigando por dentro.

A porta se abriu.

Era o homem que o pegara subindo na porta do porão. Sua aparência não estava melhor do que no dia anterior. Mesmo ao sorrir, como estava fazendo agora mesmo, havia nele algo de frio e desagradável. *Alguma coisa podre*, pensou Charley, e uma imagem de larvas rastejando em carne crua apareceu sem pedir licença.

"Sim?", disse o homem, olhando de Lennox para Charley e vice-versa.

"Sr. Dandrige?", perguntou o detetive.

"Não, eu sou Billy Cole. Divido a casa com ele. Por quê?"

"Tenente Lennox. Homicídios." Exibiu o distintivo. Billy arregalou os olhos no que parecia uma expressão de surpresa sincera. "Podemos entrar?"

"Claro." Billy deu um passo para o lado, abrindo passagem. Lennox entrou primeiro, guardando o distintivo em um gesto automático. Charley o seguiu, esforçando-se para fazer contato visual e sufocando o medo. O rosto do anfitrião era inescrutável.

Começou a olhar ao redor.

O saguão era enorme, com piso de azulejo preto e branco como um tabuleiro de xadrez, cada quadrado com cerca de sessenta centímetros. Duas estátuas pretas e ameaçadoras emolduravam a base de uma escadaria imensa em estilo gótico. O lugar era imponente como o interior de uma catedral, ainda que um tanto mais sinistro.

As caixas de papelão empilhadas ali atenuavam um pouco esse efeito, a maior parte ainda fechada. Também havia várias peças pesadas de mobília vitoriana, algumas cobertas com lonas brancas. Esses objetos *não* reduziam o efeito.

Charley deu uma olhada em alguns dos itens dentro das caixas, fazendo uma investigação informal. Não viu nada fora do comum: toalhas, roupas, bugigangas corriqueiras e utensílios domésticos. Imaginou se os vampiros tomavam banho e tal. Ficou pensando se precisavam escovar os dentes ou se acordavam no meio do dia para fazer xixi.

Sem chegar a nenhuma conclusão, acompanhou Billy e o detetive Lennox até a sala de estar, que também estava repleta de caixas e caixotes fechados. Ao saírem do saguão, porém, Charley percebeu que uma parede estava coberta de cima a baixo por relógios.

Nenhum deles funcionava.

Todos estavam parados às 06h em ponto.

"Posso ajudar em mais alguma coisa?", perguntou Billy quando pararam de andar.

"Aconteceram alguns assassinatos", respondeu Lennox. A essa altura, ele estava levando Charley a sério o bastante para nunca tirar os olhos de Cole. "Esse jovem aqui mora na casa ao lado e alega ter visto duas das vítimas na sua casa nos últimos dias."

Cole pareceu chocado. "Ah, não pode ser!" Lennox balançou a cabeça. Charley procurou uma rachadura na fachada de Billy, mas não encontrou. "Isso é absurdo. Ninguém veio nos visitar desde que chegamos. Nenhum comitê de boas-vindas do bairro, nada." Ele sorriu.

"Mentira!", esbravejou Charley. Os dois homens se voltaram para ele, atentos. Continuou, sentindo o rosto ficar corado: "Eu vi ele carregar um corpo para fora em um saco plástico ontem à noite".

Billy riu. Não pareceu uma risada falsa. "Que maravilha", disse ele. "Sei exatamente o que ele viu. De onde ele tirou essa história de *corpo* eu não sei, mas..." Encolheu os ombros, cativante, e deu alguns passos em meio ao entulho.

"Vejam", concluiu, parando para pegar um grande saco de lixo reforçado. Estava cheio de papel de embrulho e caixas de papelão amassadas. Ele o brandiu como um troféu.

"Tinha um corpo dentro do saco que eu vi", insistiu Charley em voz baixa.

"Você chegou a *ver* um corpo?" O ceticismo começava a reemergir na expressão de Lennox.

"Bom... *não*, mas..."

"Mas o quê?"

"... mas eu vi duas garotas aqui: uma entrando na casa, a outra pela janela. Eram as garotas que apareceram no jornal, juro por Deus." As palavras saíram em uma enxurrada. Teve medo de não conseguir terminar a frase.

"Isso é completamente absurdo", insistiu Billy. Agora, demonstrava irritação, e Charley não tinha dúvida de que era genuína. "Acho que nosso amiguinho aqui está mentindo na cara dura", continuou a falar, voltando-se para Lennox. "Isso é pura invencionice. Olha, que tal irmos até o quintal dos fundos e eu mostrar para o senhor o que tem em todos os nossos sacos de lixo?"

"Ele não tirou o saco que eu vi pelos fundos", argumentou Charley. "Colocou no jipe e levou embora."

Billy armou uma expressão de desgosto e impaciência. A solidariedade de Lennox por ele ficou óbvia.

"Olha, posso provar que é mentira dele", disse Charley. "Vamos olhar no porão."

"O que tem no porão, Charley?", perguntou o detetive Lennox.

"Pois é", acrescentou Billy, virando-se para olhar nos olhos do garoto. "O que você acha que tem no porão, Charley?"

Charley não conseguia se mexer. Nem falar. Alguma coisa nos olhos de Billy o paralisava. Não era hipnose, nem controle mental sobrenatural, nem nada mais forte que o simples pavor absoluto. Charley viu a ameaça à espreita por trás daqueles olhos, sem disfarces. Gostaria que Lennox também conseguisse ver.

Mas o detetive não via. E estava perdendo a paciência. Os segundos se passaram com implacável precisão, e Charley ainda não conseguia falar. E Billy não parava de fulminá-lo com o olhar. E Lennox ainda esperava, agora batendo um dos pés, esperando que o momento se concluísse.

A conclusão chegou, por fim, quando Billy se voltou para o detetive, dizendo: "Acho que ficou bem claro que o garoto não sabe do que está falando". Estava prestes a falar mais quando algo se rompeu dentro de Charley Brewster, forçando as palavras que ele não queria dizer a transbordarem da boca.

"É um caixão!", gritou. "É isso que tem lá embaixo: um caixão! Eu vi eles trazerem para dentro!"

"*Hein?*" O tenente detetive Lennox pareceu surpreso e perturbado.

"É isso aí", continuou Charley. "E o senhor vai encontrar Jerry Dandrige dentro dele, dormindo o sono dos mortos-vivos!"

"Do *que é* que você está falando?" Agora Lennox estava absolutamente confuso.

"Ele é um vampiro!", disse Charley, praticamente gritando. "Eu vi ele ontem à noite, pela janela do quarto no segundo andar! Ele tinha presas e eu vi ele morder o pescoço dela!"

"Ah, tenha santa paciência", resmungou o detetive. Fez uma careta, sentindo todo o peso da estupidez humana empurrar os cantos da boca para baixo. Agarrou o braço de Charley com força e disse: "Vem. Vamos lá para fora".

"Mas...?"

"Mas, *uma ova.*" Lennox não gritou, mas foi o mesmo que gritar. Charley já sentia o peso da porrada que ia levar.

Foram até a porta da frente: Lennox puxando, Charley sendo arrastado e Billy tranquilamente os seguindo. O policial não olhava para o rosto de Billy Cole, mas este os olhava. Não era o rosto de um homem inocente. Estava com um ar debochado quando chegaram à porta, que fora escancarada por Lennox. A expressão dele se atenuou quando o detetive se voltou e disse:

"Sinto muito, sr. Cole".

"Às ordens." Billy sorriu.

Lennox praticamente jogou Charley para fora em direção à varanda, saindo atrás dele. Cole fechou a porta. Lennox logo agarrou o braço de Charley outra vez e o arrastou pela calçada até o carro.

"Eu devia te prender", rosnou o policial. "Devia te enquadrar por obstrução da justiça e te jogar no xilindró. Eu poderia fazer isso, sabia? Ia ser moleza."

"Não é mentira minha", insistiu Charley. Estava amedrontado, magoado e zangado o bastante para mijar nas calças e ao mesmo tempo brigar com Lennox. "Jerry Dandrige *é* um vampiro! Se o senhor *desse uma olhada*..."

"Escuta aqui, garoto." Lennox empurrou Charley contra a lateral da viatura — sem força suficiente para causar danos, mas com ímpeto o bastante para mostrar que poderia fazer bem pior. "E escuta muito bem. Se eu te vir de novo na delegacia, vou te botar na cadeia. E não vai ser só por uma noite."

"Mas..."

Lennox não quis ouvir. Empurrou Charley para o lado, abriu a porta do carro de uma vez e entrou. A porta se fechou com força.

"*Por favor!* Eu tô..."

O motor da viatura ganhou vida com um rugido furioso.

"... falando a *verdade*! Tô..."

A borracha e o asfalto de uniram em um som estridente. O carro disparou do meio-fio feito um foguete, acelerando pela rua.

"Eles vão me matar!", berrou Charley. Lennox e seu veículo viraram a esquina cantando os pneus e sumiram de vista.

A porta da frente da casa de Dandrige se abriu com um rangido. Billy Cole estava lá.

Sorrindo.

8

A porta se abriu para dentro e Charley entrou feito um furacão. Havia uma escada estreita logo à sua frente. Ele subiu dois degraus por vez.

"Eddy!", berrou. "EDDY!"

O quarto de Eddy Abo ficava no final do corredor. Charley correu até lá, sem pensar nas outras pessoas da família Thompson, nem em nada além do gosto metálico do horror em sua língua. Quando chegou à porta do quarto, abriu-a de uma vez.

Eddy estava parado diante da escrivaninha. Segurava um delicado pincel com a mão direita e uma estatueta horrenda de monstro com a esquerda. Era o Ghoul, conforme anunciado nas últimas páginas de *Famous Monsters of Filmland*. Assim como a revista, era antigo e saíra de linha havia muitos anos. Eddy tinha a coleção completa, que guardava como um tesouro e, periodicamente, retocava a pintura nas mandíbulas ensanguentadas e na pele verde-pálida das criaturas.

Era o que estava fazendo naquela hora, e a interrupção não pareceu agradá-lo. "Ora", disse ele, erguendo a sobrancelha com desdém, "a que devo esse prazer duvidoso?"

"Você tem que me ajudar!", arfou Charley, sem fôlego.

Eddy abriu um sorriso debochado. "Isso é um trabalho para a Amy."

"Não, não! Você não entendeu. O vampiro sabe que eu sei dele."

"Quê?"

"O vampiro! Ele sabe... ou vai saber quando acordar. Merda!" Charley olhou o relógio de pulso. Eram 4h35.

Por instinto, Eddy olhou para o próprio relógio e voltou a olhar para Charley, aborrecido. "De que vampiro você tá falando? Sabe como é, existem *muitos*."

Fez um gesto sarcástico indicando o próprio quarto. Era praticamente um museu dos monstros. Pôsteres de festivais de filmes de terror antigos de Karloff, Lugosi e Chaney Jr. cobriam as paredes. As outras estatuetas dividiam o espaço na estante com meia tonelada de livros de terror em brochura, uma caixa vintage de *Tales From the Crypt*, coleções completas das revistas *Creepy*, *Eerie* e *Vampirella*, e uma ampla variedade de monstruosidades sinistras de borracha.

Charley bateu o pé, rangeu os dentes e tentou se controlar. "Olha, não tô brincando. Tem um vampiro morando na casa do lado da minha e ele vai me matar se eu não me proteger."

"Tá." Eddy bufou. "Você é um aloprado, Brewster, sério mesmo."

"Você precisa acreditar em mim!"

"Não preciso, não!"

"Mas..."

"Escuta." Eddy Abo fez um gesto impaciente com o pincel. "Não sei qual é o *seu* problema, só sei que não é meu. Entendeu? Desde que você começou a sair com a Amy, eu mal te vejo. Você nunca tem tempo e nunca tem nada de legal pra dizer. Pra mim, parece que você me excluiu da sua vida. Por isso, *eu* também vou excluir *você* da minha. Cai fora daqui."

"Eddy, por favor..." A voz de Charley estava mais baixa. A verdade nas palavras do velho amigo — o *ex*-amigo, pelo jeito — o acertou em cheio. "Desculpa. Tem razão. Mas preciso mesmo da sua ajuda. Tô com medo."

"Você tem um vizinho que é vampiro." Eddy abanou a cabeça, condescendente. "Tá bom. Dá pra entender por que está com medo. Lógico." Ele sorriu olhando para o Ghoul e disse, com o maior carinho: "Você *também* ficaria com medo, né, meu chuchu?".

"Não zoa com a minha cara!" O ataque de raiva pareceu súbito, mas já estava fermentando havia um tempo. "Estou de saco cheio de todo mundo me tratar como se eu fosse maluco!"

"É, fala isso *pra mim*!", retrucou Eddy. "*Fala* pra mim como é ver todo mundo te tratar que nem um cretino! Acha que eu não sei como é? Acha que as pessoas não me tratam assim todo santo dia? Bom, pensa nisso, Brewster! E depois pode pensar em pôr o rabinho entre as pernas e sair daqui! Não pode me tratar que nem lixo por três meses e depois entrar aqui exigindo que eu largue tudo pra ir caçar uma merda de vampiro com você!"

Um silêncio tenso. Os dois garotos se encararam. Eddy Abo Thompson, surpreso com a própria fúria, respirou fundo antes de continuar, com uma voz controlada e cansada:

"Tem um vampiro pra caçar, Charley? Caça sozinho. Você sabe o que fazer, né? A não ser que tenha esquecido *tudo* desses últimos quatro anos".

Charley, calado, fez que sim com a cabeça.

"Maravilha. Se você matar o vampiro, vou ficar feliz em ver os ossos pulverizados. Se ele te matar... bom, acho que vou precisar manter minhas estacas de madeira afiadas, né?" Silêncio.

"Bem que você gostaria de enfiar uma estaca no *meu* coração, né?", disse Charley baixinho. "Isso faria você se sentir melhor, né?"

"Não fique tão lisonjeado." Eddy Abo se voltou para a escrivaninha, mergulhou o pincel no líquido verde e turvo e recomeçou a pincelar o rosto do Ghoul. "Some daqui."

Charley saiu sem se dar ao trabalho de fechar a porta.

9

No caminho de casa, Charley não conseguia parar de pensar no que Eddy tinha dito. Doía em muitos aspectos e de vários jeitos diferentes. *Você sabe o que fazer, né?*, era a frase que não parava de ecoar em seus ouvidos. Seguida de *a não ser que tenha esquecido* tudo *desses últimos quatro anos...*

"Quatro anos", disse em voz alta para o carro vazio. Era engraçado contar os dias assim, olhar para trás conferindo um quarto da sua vida completa até então e pensar: *É, o Eddy foi meu melhor amigo desde o sétimo ano. A gente estava sempre junto, jogando uns jogos malucos, lendo quadrinhos, assistindo* A Hora do Espanto...

O processo mental de Charley se deteve naquele nome. *A Hora do Espanto*. Conjurou imagens de um milhão de conflitos com vampiros, em cores gloriosas ou em tons de preto e branco. Conjurou visões de Peter Vincent impondo-se contra as hordas de mortos-vivos que babavam pelo sangue dos inocentes. Conjurou cenas de horror sangrento, substituindo cada uma das vítimas drenadas que já passaram pela tela da TV pelo próprio Charley.

E conjurou também um plano de batalha: sua única esperança de salvação.

Charley virou à esquerda na Rathbone Avenue e deu uma guinada para entrar no estacionamento do shopping center do mercado Super-Saver. O Mustang chiou ao entrar na primeira vaga disponível e se calou assim que ele virou a chave. Abriu a porta de uma vez e a fechou com força sem trancá-la, correndo em direção ao complexo de lojas.

Sua esperança era encontrar o que precisava lá.

• • •

A escuridão já havia caído quando o último prego entrou na madeira. Lá fora, as trevas imperavam, frias e inchadas como o cadáver de um afogado. Charley olhou pela janela por um instante, depois recuou para avaliar o próprio trabalho.

A janela estava pregada com os pregos de oito centímetros que ele havia comprado na Carradine Materiais de Construção. Havia guirlandas de alho do SuperSaver penduradas em volta dela, usando linha da Reisinger. Não havia água benta à venda, mas não faltavam crucifixos de plástico baratos; ele escolhera três, mantendo um a seu lado o tempo todo. O martelo e a agulha eram propriedade da casa; logo os guardaria, assim que estivesse satisfeito com o trabalho.

Outras peças da tradição vampiresca giravam em sua mente. Ainda não começara a entalhar estacas, embora houvesse algumas ripas de cerca largadas na garagem que seriam ótimas candidatas. Não sairia da casa antes do amanhecer *de jeito nenhum*. Disso tinha certeza. Se Jerry Dandrige o queria, teria que ir até lá pegá-lo.

Esta era a outra situação que o fazia sentir-se razoavelmente seguro: se tudo o que tinha visto sobre vampiros fosse verdade, eles só poderiam entrar na casa de alguém se fossem convidados. E *ele* sabia que nunca mandaria um convite.

A voz de sua mãe interrompeu o tumulto dos pensamentos. "Charley?", chamou ela. "Pode descer aqui um instante, por favor?"

"Já vou, mãe!", respondeu, fingindo alegria. "Preciso terminar uma coisa!"

Logo empurrou uma cômoda pesada até a janela. O móvel provavelmente não resistiria, se o pior acontecesse, mas mal não fazia.

Depois, saiu pelo corredor, chegou à escada e desceu depressa. O esforço físico o havia revigorado, deixando-o mais autoconfiante. Estava quase de bom humor quando chegou à sala de estar e disse: "Que foi?".

Sua mãe estava de pé com uma bebida na mão. Ela sorria, radiante.

"Meu bem", disse ela. "Quero que você conheça uma pessoa."

Foi então que ele olhou para a velha poltrona. Era a poltrona de seu pai, de encosto alto e quase em forma de coração, que só os convidados especiais tinham usado durante aqueles sete anos desde que...

Havia alguém sentado na poltrona. Charley não conseguiu ver o rosto, escondido pelas curvas nas laterais da poltrona. Mas a mão que saía do casaco de tweed do homem tinha dedos longos, quase femininos. Um anel de diamante que parecia caro cintilava na mão pálida.

A respiração de Charley parou na garganta. *Isso não pode estar acontecendo.*

O convidado de sua mãe se inclinou para a frente, sorriu e o fuzilou com o olhar.

"Oi, Charley", disse o vampiro. "Ouvi falar muito de você."

A boca de Charley estava aberta, frouxa. Se o terror não tivesse secado toda a saliva, talvez ele babasse. Todos os músculos do corpo emperraram. Não conseguia se mexer. Não conseguia respirar. Só conseguia olhar para o monstro diante dele com olhos úmidos e arregalados.

Jerry Dandrige era lindo. Não havia como negar. Devia ser o homem mais bonito que já pisara em Rancho Corvallis. Seu sorriso era endiabrado e infinitamente bem-humorado. Os olhos escuros irradiavam conhecimento profundo. De perto, o carisma era irresistível. Charley entendia por que a garota na janela havia dançado com ele.

Agora o vampiro estava fazendo a mesma coisa com a mãe dele.

Judy Brewster parecia uma adolescente na primeira turnê dos Beatles pelos Estados Unidos: bastava pôr uma multidão em volta dela para que começasse a gritar e agarrar as roupas de Dandrige. Na presente situação, sua alegria básica já chegara ao ápice. Estava toda entusiasmada, dando risadinhas, suspirando e exalando desejo.

Era nojento. Pior que isso, era aterrorizante. Charley teve a impressão horrenda de que Jerry poderia sugar o sangue dele naquele instante e sua mãe ainda perguntaria se ele queria mais uma bebida. *E de quebra ela daria uma risadinha*, acrescentou, nauseado.

Jerry Dandrige se levantou. Era só um pouco mais alto do que Charley, mas parecia gigantesco. "Eu estava ansioso para te conhecer", disse ele, aproximando-se.

Charley ainda não conseguia se mexer, mas estava perigosamente perto de borrar as calças. *Aimeudeus*, gemeu em silêncio, *eu vou morrer, eu vou morrer, eu vou morrer...*

... enquanto o vampiro ficava a poucos passos de distância.

Parou.

E estendeu a mão para apertar a dele.

"Bom, cumprimente o sr. Dandrige, meu bem!", gorjeou sua mãe. Ela se voltou para Jerry e, em tom de confidência, acrescentou: "Às vezes não sei qual é o problema desse menino! Sinceramente, nós o educamos melhor do que isso!".

(Diga "oi", Charley.)

"Oi", disse Charley. Não teve escolha. Também não pôde impedir que sua mão direita se erguesse e tocasse a de Dandrige no que parecia um aperto de mãos firme.

(Isso mesmo.)

O vampiro o estava controlando. A mente de Charley tinha plena consciência do fato, mas sua vontade desaparecera e o controle do corpo não lhe pertencia mais.

(Divertido, não? Agora solte.)

O aperto de mãos terminou. A conexão, não. Jerry Dandrige ainda o controlava; os ouvidos e a mente de Charley captaram duas conversas diferentes ao mesmo tempo.

"Sua mãe fez a gentileza de me convidar a entrar", disse o vampiro. Sua voz transbordava uma sexualidade adocicada, melosa e almiscarada ao mesmo tempo. "Do contrário, talvez eu nunca tivesse chegado aqui."

(Mas você já sabia disso, não é?)

"Mas agora ela me disse que sou bem-vindo a qualquer momento. Por exemplo...

(No meio da noite...)

"... amanhã, para almoçar... o que infelizmente não vai ser possível. Mas eu disse a ela que vou receber amigos nas próximas semanas e ela se ofereceu para levar uns petiscos..."

(Todo mundo que ela conhece...)

"... para a minha casa. Não é ótimo?"

(Diga "sim".)

"Com certeza!", exclamou Charley com uma emoção que não era sua. Sentiu os próprios lábios se curvarem em um sorriso. Foi como ser forçado a engolir lodo, mas não conseguia nem franzir o nariz de nojo.

Então, sua mãe se colocou entre os dois, radiante e extasiada. "É *maravilhoso* vocês se darem tão bem!", cantarolou.

A conexão se encerrou...

... e Charley cambaleou para trás, choramingando baixinho, tão pálido que parecia ter levado uma mordida. Sua mãe ficou olhando, atordoada, enquanto ele trombava com uma mesa de canto, derrubando-a com um estardalhaço. O vampiro não parava de sorrir.

"Charles Alan Brewster!", gritou a mãe, autoritária. "*Qual* é o seu problema?"

Segura sua onda, informou a mente de Charley. *Ele vai matar nós dois agora mesmo se eu não me controlar.* Parou, levantou a mesa e a endireitou com mãos trêmulas. "Desculpa, mãe", trinou com uma voz de falsete aterrorizada. "É que preciso voltar para fazer a lição de casa, só isso."

"Bom, tome *cuidado*!", aconselhou ela alegremente. "Não quero que nada aconteça com meu menininho!"

"Claro", disse o vampiro, sorrindo. "Com certeza *não* queremos isso!"

A despedida de Dandrige foi a última visão que Charley teve antes de se virar e correr escada acima.

De volta ao quarto, onde estaria seguro.

Assim *esperava*.

10

As sombras.

Charley ficou sentado, fascinado com os dedos oblongos de escuridão que se fechavam em volta da janela.

Sombras. Nada de mais. As mesmas porcarias de sombras que estavam lá havia doze anos. A mesma árvore, o mesmo poste na rua, as mesmas gradações simples de luz e escuridão.

Então, por que estão me deixando todo arrepiado?, pensou.

Continuou sentado, como tinha passado as últimas cinco horas, com o olhar fixo no exterior da janela do quarto. O crucifixo de plástico barato ameaçava se quebrar nas mãos dele, o revestimento em folha de ouro manchando os dedos. Passara a maior parte da noite afagando o objeto como se fosse um cachorro muito amado.

Desde que a luz se acendera.

Assim que começara a se recuperar da visita de Dandrige, a luz no quarto do vampiro tinha se acendido. Por reflexo, Charley havia se abaixado, com o coração dançando mambo no peito, e passado uns três minutos agachado antes de se atrever a espiar.

A luz continuava acesa, mas a cortina estava fechada. Era impossível distinguir movimentos ou manobras furtivas. *Nada.* Ficou lá, reluzente como um farol.

Ou um chamariz.

Charley observou e esperou. Pelo quê? Estava apavorado demais para pensar na resposta. O quarto, todo escuro a não ser pela placa luminosa da cerveja Coors, piscava sem parar. A luz na janela da casa de Dandrige pulsava, ligeiramente fora do ritmo. A árvore espalhava os dedos longos e escuros pelo jardim, farfalhando baixinho no ar da noite.

Por fim, Charley dormiu.

No sonho, ele voava. Pairava na noite, bem acima de Rancho Corvallis, com asas coriáceas, sentindo o vento passar e encher seus ouvidos de sussurros, muitas e muitas vozes que se fundiam para formar um uivo universal, um grito noturno, áspero e doce.

Ele fez um arco no ar, escancarando as pequeninas mandíbulas para revelar dentes minúsculos e afiados, e gritou — um gorjeio agudo e melódico. Arremeteu e pegou uma mariposa, virando-se em pleno voo, e a triturou entre os dentes, saboreando o sumo.

Querendo mais.

Fez uma volta e mergulhou de novo em direção à terra, às casinhas seguras e sóbrias, com ocupantes macios e adormecidos, indiferentes à canção da noite, e ansiou por precipitar-se e enterrar as presas afiadas naquelas gargantas macias e tolas.

Alguma coisa bateu no telhado. Charley levantou o tronco da cadeira de uma vez, com o coração acelerado. Balançou a cabeça, tentando dissipar os fragmentos do sonho.

"Mas hein?", murmurou, olhando para o teto. Apurou os ouvidos, escutou apenas os sons noturnos conhecidos da casa em que havia crescido. O sopro leve do ar na tubulação de aquecimento. O borbulhar do aquário. O zumbido da geladeira frost-free na cozinha, cumprindo sua função. O ronco da mãe.

O ranger de tábuas no sótão.

No sótão?! Charley pulou da cadeira. O ranger das tábuas era leve, mas constante, e afastava-se dele. Leve e constante...

Como passos.

Reunindo toda a sua valentia, Charley foi com cuidado até a porta. Abriu uma fresta e pôs a cabeça para fora com muita cautela, pronto para recuar em um instante se fosse preciso.

"Mãe?" Sua voz saiu como um guincho. "Mãe, você tá aí fora?"

O corredor estava vazio, um silêncio sepulcral. Saiu devagar, os passos fazendo *puff-puff* no carpete felpudo. Foi na ponta dos pés até a porta do quarto da mãe e abriu uma fresta.

Judy Brewster estava deitada tranquilamente, com a máscara no rosto, dormindo o sono dos justos. Havia um frasco de sonífero na mesa de cabeceira, bem ao alcance dela.

Agora havia alguma coisa no andar de baixo. Um som, fraco, mas palpável, emanava do pórtico escuro. Como unhas raspando vidro.

Leves.

Implacáveis.

Os joelhos de Charley viraram geleia. O fato de sua mãe estar na cama reduzia imensamente as opções quanto a quem estava produzindo aquele som. Ele não queria pensar nisso. Não na escuridão, sozinho. Mas precisava averiguar.

Ah, não é nada de mais, pensou, sem conseguir enganar ninguém. *Deve ser um camundongo ou coisa assim. Claro...*

Segurou o crucifixo com um pouco mais de firmeza e desceu.

Charley parou no pórtico, soltando um suspiro de alívio. O som sinistro que reverberava pela sala toda revelou ser um inofensivo galho de árvore que arranhava a vidraça da janela. Charley sentiu uma onda de alívio. *Não tem nenhuma criatura da noite aqui*, pensou, e aproveitou para ir à cozinha fazer um lanche.

Ao entrar lá, não percebeu que o som de arranhões tinha parado.

Jerry Dandrige estava de pé, contemplando calmamente a forma adormecida de Judy Brewster. Lançou um breve olhar ao quarto: os móveis maravilhosamente cafonas (*Nouveau moustique, très chic, madame!*), a penteadeira repleta de perucas e cosméticos, a infame Judy Brewster em pessoa (*Ah, oláááá! Entre! Quer beber alguma coisa? Ihih...*) imersa em um sono profundo.

Era fácil demais.

Ele a tocou por um instante, sentindo o desdém se misturar ao desejo pelo sangue quente dela. Ela sorriu; havia uma fantasia noturna em andamento. Depois, ele se virou, passando pela janela aberta e deslizando pelo chão.

Parou diante do espelho da penteadeira, abrindo um sorriso malicioso. "Sabe", ronronou, "você está *maravilhoso!*"

Não havia reflexo para sorrir em resposta.

Quando saiu e fechou a porta, quase a arrancou das dobradiças.

Charley não ouviu a porta do quarto da mãe se fechar. Estava ocupado em montar um sanduíche, com a cabeça dentro da geladeira.

Deu os toques finais — ali estava um sanduíche de respeito: mortadela, salame, peito de peru, três tipos de queijo e picles — e foi mordendo e mastigando enquanto subia a escada...

... mal reparando na porta do quarto da mãe.

Cruzou o corredor com passos leves, abrindo a porta do próprio quarto com o ombro. Deu mais uma bela mordida antes de entrar. Trancou a porta e empurrou a cadeira contra a maçaneta. Sentou-se, ligou a TV, deu mais uma bela mordida...

... e sentiu os finos cabelos da nuca se arrepiarem.

Virou-se bem devagar, como se quisesse dar àquele mau pressentimento tempo bastante para ir embora. Não teve sorte. As informações sensoriais se registraram em microssegundos, cada uma um pouco pior que a anterior, até Charley ter se virado o suficiente...

... e ele e o vampiro estarem cara a cara.

Charley quis fugir. Quis gritar. Se fosse possível coordenar um ataque aéreo, queria um desses também.

Na atual situação, o melhor que pôde fazer foi pular da cadeira, disparando pedaços de sanduíche meio mastigados pelo ar.

O vampiro estendeu a mão com tranquilidade e agarrou a garganta de Charley, prendendo-a feito um torno e cortando seu suprimento de ar sem que ele desse um pio. E sorriu, magnânimo.

"Ora, ora... Não queremos acordar sua mãe, não é *mesmo*, Charley? Seria *terrível* se isso acontecesse, não acha?" O vampiro fez que sim. Charley o imitou. O vampiro sorriu. Dentes perfeitos. "Porque nesse caso eu também teria que matá-la. Certo?" Ele aumentou o aperto em um grau infinitesimal. A dor foi excruciante.

Charley fez que sim. Não teve escolha. O vampiro manipulou a cabeça dele como um ventríloquo manipula a de um boneco. Para cima e para baixo, para cima e para baixo. *Sim, chefe; como disser, chefe.*

"Certo", concluiu o vampiro, jogando Charley do outro lado do quarto com tanta força que varou a parede de drywall, deixando um buraco enorme. Charley escorregou da parede e desabou encolhido no chão.

Dandrige atravessou o quarto como se fosse a passarela em um desfile de moda. Com uma elegância descontraída, exalando perigo. Recolheu Charley com uma única mão — erguendo os 75 quilos dele — sem precisar de apoio para sustentar o peso. Os olhos de Charley giravam como os de um novilho em um matadouro, a mente repetindo *SOS SOS SOS SOS...*

"Percebe o transtornou que me causou? Me espionando, quase interrompendo meu sono da tarde e contando à *polícia...*", ele apertou ainda mais, "a meu respeito?"

Bateu Charley contra a parede para enfatizar as palavras. Charley imaginou vagamente quantas batidas sucessivas como aquela bastariam para induzir falência renal total. Seu rosto já estava com cor de intoxicação alimentar. Jerry se aproximou.

"Você merece morrer, garoto, e acho que deveria. Mas isso criaria outro problema. É perto demais da minha casa." O vampiro sorriu. "Sabe, eu *gosto* de privacidade. E gosto desta cidade. Na verdade, espero ficar aqui por um bom tempo." Afrouxou o aperto, mas continuou segurando Charley contra a parede. O garoto arfou, tentando respirar.

"É claro que eu poderia dar aquilo que você *me negou*: uma escolha. Que tal entrarmos em um acordo, hmmm? Você me esquece e eu te esqueço. Que tal, Charley?"

Charley se remexeu, sentindo a vida em jogo.

Então, lembrou-se da cruz.

Enfiou a mão no bolso e começou a tirá-la. Quando ia erguê-la, Dandrige agarrou o pulso dele e o afastou com um tranco, quase deslocando o ombro. Charley gritou, e o vampiro ainda bateu a cabeça dele na parede para arrematar.

"Não vai ser tão fácil, Charley. Eu tenho que *ver* a cruz." O vampiro ergueu a mão e a apertou até o garoto não aguentar mais. O crucifixo caiu no chão.

"Se você me m-m-matar, todo mundo vai desconfiar", falou Charley de uma vez. "Minha m-mãe, a polícia..."

O vampiro parou por um instante. Depois, abriu um sorriso beatífico.

"Não se acharem que foi um acidente." Arrastou Charley até a janela, empurrando a cômoda pesada com o pé. "Uma queda, por exemplo." Abriu a tranca e começou a arrancar os pregos um por um em um caprichado ritmo de *bem me quer, mal me quer*. "'Adolescente perturbado com fantasias paranoicas sobre *vampiros*, imagine só, sofre queda fatal enquanto tentava entrincheirar o próprio quarto.'"

Ele girou Charley, abrindo a janela com um gesto teatral. "'Uma tragédia terrível para todos os envolvidos, é claro. Mas nos últimos tempos ele andava tão *isolado*, senhor policial, e sabe o que dizem sobre adolescentes suicidas...'"

Lenta e inexoravelmente, Dandrige empurrou mais e mais, pondo Charley para fora da janela. O garoto chutava e arranhava em desespero, espernando sem controle, debatendo os braços, procurando onde se apoiar. Sua mão direita encontrou um ponto de apoio no parapeito e ele torceu o tronco em meio àquele aperto assassino para encontrar algo mais relevante.

Por um momento, Dandrige relaxou um pouco antes de dar o último empurrão. Afinal, *qualquer* morte — até mesmo uma tão boba e trivial quanto aquela — merecia ser saboreada.

Em desespero, Charley aproveitou a pressão reduzida. Curvando as costas com muita dor, jogou-se para a esquerda, tateando freneticamente a escrivaninha.

A noite escura se escancarou abaixo dele, a terra fria a dez metros de distância.

O vampiro voltou a empurrar. Sua força era avassaladora. "Tsc, tsc, Charley. Não queremos fazer a Mãe Noite esperar."

Charley arranhou a superfície da escrivaninha às cegas, tentando agarrar qualquer coisa.

E encontrou...

Um lápis. Envolveu-o com os dedos. E começou a escorregar.

Charley fez um arco desorientado com a mão; se errasse, perfuraria a própria garganta. Em vez disso, acertou o alvo, empalando a carne morta da mão do vampiro. Dandrige uivou de dor e recuou, sibilando como um gato.

Charley lutou para recuperar o equilíbrio. Suas costas doíam tanto que era como se alguém o tivesse amarrado a uma lixadeira elétrica. *Que ótimo*, tagarelou sua mente. *Agora eu vou cair para fora por conta própria.* Conseguiu pôr o tronco para dentro, tossindo e ofegando... enquanto Dandrige começava a se transformar.

Primeiro foi o cheiro opressivo de putrefação, o fedor intenso da morte negada por tempo demais. Atingiu Charley como uma onda, revirando o estômago e ocupando os ouvidos dele com o zumbido de muitas moscas. Quase incapaz de suportar, e impossibilitado de evitar, Charley ficou parado, boquiaberto, observando com um fascínio lúgubre enquanto o horror se revelava para ele.

O quarto se transformara em uma paisagem de pesadelo de um quadro de Hieronymus Bosch, uma cena furiosa do inferno rodopiando em meio aos pôsteres de carros e equipamentos de esqui, uivando e praguejando em uma língua áspera e gutural. A placa da Coors piscava como um olho vermelho e maligno, lançando um fulgor tênue no quarto.

Jerry Dandrige se contorcia e cuspia, tomado demais pela dor e pela indignação para manter a calma perante aquela afronta. Ele segurava a mão ferida, ainda espetada com o lápis. Um fio fraco de fumaça pungente saía do buraco, misturado a um fedor de madeira carbonizada.

De repente, o vampiro parou, agachando-se. A respiração fazia o peito de Charley subir e descer. O coração quase parou quando o vampiro se virou para encará-lo. O garoto se encolheu. Aquele rosto estava pavoroso.

Os traços lisos e bonitos do sujeito elegante que encantaram sua mãe tinham sumido. O verdadeiro Jerry Dandrige era uma criatura antiga e disforme com a mandíbula inferior protuberante e repleta de dentes amarelos, imundos. O cabelo era áspero e quebradiço, as orelhas grandes, deformadas e pontiagudas. A pele do rosto era pálida, coberta de bolhas horrendas, repletas de manchas senis e aglomeradas com mais intensidade em volta dos olhos.

Os olhos dele...

Poços fundos de bordas vermelhas. Queimavam, luminosos e arregalados, abrindo buracos no crânio de Charley. Drenando-o. Os músculos das costas perderam a firmeza e, com as pernas trêmulas, o garoto caiu apoiado na parede esmagada, incapaz de se afastar.

O vampiro sibilou e agarrou o lápis com os dedos longos e tortos; ao se tocarem, as unhas produziram estalos quitinosos. A criatura encarou Charley com um olhar severo e soberbo que não conseguiu esconder sua agonia. Arrancou o lápis.

Charley fez uma careta. A ponta do lápis saiu empretecida e fumegante. A criatura atirou o objeto para longe com desdém, e ele percebeu, com nojo, que um pedaço de carne murcha ficou preso na ponta, balançando como uma bandeira ao cair no chão.

O vampiro sorriu — um ricto horrível e murcho. Assim era *bem* melhor. A dor estava passando, assim como o choque diante da insolência do garoto. *No desespero, sempre ficam espertos*, pensou ele.

A aparência do vampiro melhorou muitíssimo à medida que a raiva passava. As feições ficaram mais lisas e firmes, os cabelos mais grossos, e recuperou parte da semelhança com um ser humano.

Mas os olhos ainda brilhavam, vermelhos. As unhas ainda estalavam. E os dentes...

Jerry Dandrige olhou para Charley com atenção. Ergueu a mão, mostrando a ferida aberta. "Viu o transtorno que me causou, garoto?", disse ele, avançando para o último golpe.

Charley sentiu as entranhas se revirarem. "*Nããão...*" gemeu, indefeso.

E ouviu a mãe começar a gritar no outro lado do corredor.

• • •

"Maldição!" O vampiro se virou, sibilando. *Eu deveria ter matado essa mulher quando tive a chance.*

Voltou-se para o garoto, que estava encostado na parede feito um saco de batata apoiado em varetas. Queria destroçar o sujeitinho naquele instante e acabar com aquilo para sempre. Mas não, preferia esperar. *Bastante tempo*, pensou, lutando contra o impulso de rasgar e destruir.

Os últimos séculos lhe ensinaram, acima de tudo, paciência. Lançou um último olhar calculista a Charley e sibilou outra vez, sem querer.

"*Chaaaarleeey*!" A sra. Brewster berrava do outro lado do corredor, chacoalhando a maçaneta, persistente. "Minha porta está com algum problema!"

Charley quase não percebeu o vampiro se lançando para fora do quarto. Não ficava chapado assim desde que havia tirado os dentes do siso. Suas artérias carótidas estavam trabalhando dobrado para compensar a compressão do fluxo sanguíneo que sofrera, cortesia do aperto de Dandrige. Levou nada menos que dez segundos para a mensagem atravessar a névoa da tontura.

"Mãe!" Saiu do quarto cambaleando, torcendo para que não fosse tarde demais.

Mas sua mãe estava bem. Ela saiu do quarto, ultrapassando as ruínas da porta. Charley olhou para os lados, frenético, imaginando uma espécie de ataque surpresa.

A janela no fim do corredor estava escancarada. Dandrige tinha ido embora, por enquanto. Charley não sabia se suspirava de alívio ou molhava as calças. Suspirou; um suor frio cobria suas costas.

"Charley, o que aconteceu?"

Ah, nada, não, mãe. É que fui atacado pelo vampiro que você fez a gentileza de convidar para tomar alguma coisa e ele tentou me matar. Só isso.

"Eu... É que tive um pesadelo, mãe. O que aconteceu com a porta do seu quarto?"

Judy ficou confusa. "Ora, não sei!" E se animou. "Mas, sabe, tive um pesadelo ontem mesmo! Eu estava em uma liquidação, aí parei no balcão e fui procurar meus cartões de crédito, e de repente percebi que estava nua como no dia em que nasci..."

Ela parou quando um som de metal retorcido e de vidro laminado sendo esmagado tomou conta da noite. Persistiu por segundos longos e cruéis.

Depois, silêncio.

Judy ficou olhando, inexpressiva, pela janela aberta no fim do corredor. A janela com vista para o quintal dos fundos. E para a garagem.

"Mas o que é que foi *isso*?" Deu um passo em direção à janela, ainda zonza por causa do sonífero. Charley segurou o braço dela com delicadeza, mas também firmeza, virando-a.

"Nada, mãe. Só os guaxinins mexendo no lixo de novo. Nada de mais. Que tal voltar para a cama?"

Judy sorriu. "Mas e o seu pesadelo, filho? Quer um Valium?"

Charley a ajudou a entrar pela porta do quarto. "Agora eu tô legal, sério. Volta para a cama, tá?"

Judy não resistiu. Bocejando, disse: "Bom, eu *preciso* dormir. Amanhã começo a trabalhar no turno da noite, sabe?"

"É, mãe. Eu sei. Boa noite."

Ela parou e pôs a mão no rosto dele em um gesto amoroso.

"Charley, você é *tão* bonzinho..."

"Boa noite, mãe." Ele fechou a porta do quarto dela, fazendo as dobradiças rangerem.

De volta ao próprio quarto, Charley desabou na cadeira confortável. Extava exausto. A TV tremeluzia na escuridão com o som bem baixo, murmurando no canto. Os restos do sanduíche o encaravam, doentios.

Não conseguia pensar em comida. Não conseguia nem pensar na destruição do quarto e como faria para explicá-la.

Naquele momento, só conseguia pensar no som que viera da garagem. Tinha passado tempo bastante restaurando aquele carro para reconhecer o som de alguém acabando com ele. *Aquele desgraçado.*

Olhou para o pôster do Shelby na parede.

In Memoriam... Desgraçado.

Olhou para a TV, emburrado. *A Hora do Espanto* outra vez. Era só o que faltava. Estendeu a mão para desligar o aparelho.

E o telefone tocou.

Seu coração socou o interior do peito. Charley esticou o corpo todo e pegou depressa o telefone. Por um instante, segurou-o de longe, como se fosse um animal morto. E bem, bem devagar, aproximou-o da orelha. Tinha um bom palpite de quem era.

"Sei que você está aí, Charley. *Estou vendo você.*"

Charley se virou devagar para a janela. Sim, lá estava Dandrige, fulminando-o alegremente com o olhar. O faz-tudo estava ajoelhado diante dele, enrolando a mão ferida em uma atadura com muito entusiasmo.

Dandrige abriu um sorriso sombrio. "Acabei de destruir seu carro, Charley..."

Jura, desgraçado?

"... mas isso não é nada comparado ao que vou fazer com você amanhã à noite."

O vampiro desligou devagar, lânguido.

E fechou a cortina.

Charley ficou sentado, apático, olhando a janela, ainda com o telefone na mão, até ouvir o *tututu*. Levantou-se, pôs o telefone no gancho e se jogou na cama. A ansiedade se apossou dele. Olhou para a TV, indiferente.

O filme de terror dera lugar a um comercial que oferecia miniaturas absurdamente caras que sem dúvida encantariam várias gerações. Não lhe interessavam. Mais meia dúzia de vendedores desfilaram em vão pela tela antes que o logo sangrento de *A Hora do Espanto* voltasse. Charley aumentou o volume.

Peter Vincent, encapotado e desmazelado, estava em sua melhor forma. Voltou-se para o público com um gesto teatral, quase colidindo com um morcego de borracha que voava e tremia preso em um fio de náilon. Empurrou o morcego.

"Boas-vindas de volta, fãs de terror. Espero que estejam gostando do filme desta noite, *Eu, o Vampiro, Parte Dois*. É um dos melhores da minha carreira." Olhou em volta, ameaçador. "Sabiam que muita gente *não acredita* em vampiros?"

O cabo do morcego se quebrou, desabando no chão com um baque abafado. A equipe do estúdio riu tanto que o som das gargalhadas alcançou o microfone de lapela do apresentador.

Peter Vincent endireitou a postura, alto e imponente, encarando a câmera. "Mas *eu* acredito. Porque *sei* que eles existem. Já os enfrentei em todas as formas que assumem: homem, mulher, lobo, morcego." Charley ficou atento.

"E sempre venci. Por isso sou conhecido como 'O Grande Caçador de Vampiros'." Alguém no estúdio reprimiu uma risadinha. Peter lançou um olhar mortal. Pausa dramática.

"Agora, observem enquanto provo o que digo em *Eu, o Vampiro, Parte Dois (Dois, Dois, Dois...)*."

A voz sumiu em um eco ridículo conforme um Peter Vincent muito mais jovem aparecia na tela, de estaca e martelo nas mãos. A câmera se afastou para revelar um corredor arqueado e infinito nas profundezas de algum castelo gelado.

Charley sentou-se na cama com olhos colados à tela. "Pega ele, Peter. Pega ele!", sussurrou.

E, naquele instante, nasceu uma ideia.

11

O Canal 13 ocupava um prédio comum de tijolos vermelhos na Cameron Mitchell Drive, o tipo de rodovia dividida em quatro pistas que se encontra em todas as cidades a oeste do rio Hudson. Havia lanchonetes de fast-food, postos de gasolina e shopping centers aqui e ali; a paisagem suburbana de casas pré-fabricadas se alastrava por quilômetros, dando lugar, no último instante, ao minúsculo aglomerado de ruas e prédios que marcavam o centro propriamente dito de Rancho Corvallis.

Peter Vincent saiu discretamente pela porta lateral com um sobretudo cobrindo os ombros. Desceu a escada depressa, na esperança de atravessar o estacionamento sem percalços. Aquele, provavelmente, fora o dia mais deprimente de sua vida. Andou com passos duros e uma dignidade forçada que desmentia seus verdadeiros sentimentos.

Que idiotas, pensou. *Aqueles porcos ridículos. Como se atrevem...*

"Oi! Sr. Vincent!"

Vincent parou. Virou-se, lento e majestoso, para encarar o público: um único adolescente, com ar um tanto aflito, aproximando-se dele com uma avidez que beirava a fome. O ator abriu um sorriso educado, pondo a mão despreocupadamente na maçaneta da porta de um cupê esportivo Mercedes.

"Sr. Vincent, posso falar com o senhor? É *extremamente* importante."

Vincent deu um suspiro profundo e, com um gesto hábil, sacou uma caneta-tinteiro do bolso do colete. "É claro... O que você quer que eu assine?"

"Perdão?"

Vincent lançou um olhar maligno ao garoto. Com cuidado, repetiu palavra por palavra, como faria com uma criança. "*O que* você quer que eu assine? Cadê seu caderno de autógrafos? Estou bem *ocupado*, sabia?"

Charley deu de ombros, encabulado. "Não, senhor. Estou curioso sobre uma coisa que o senhor disse ontem à noite na TV. Sabe, sobre acreditar em vampiros e tal."

Vincent o olhou com cautela. "O que é que tem?"

"O senhor falou *sério*?"

"Sem dúvida. Infelizmente", acrescentou em um tom seco, "ninguém na sua geração parece compartilhar dessa convicção." Seus olhos chamejaram.

Charley o encarou. "Como assim?" Peter Vincent não pôde mais conter a fúria. "Como *assim*? Fui *demitido*. Fui demitido porque, ao que parece, ninguém mais quer ver caçadores de vampiros. Nem vampiros, aliás. Pelo jeito, só querem ver loucos desvairados correndo por aí com máscaras de esqui, mutilando belas mocinhas virgens. Agora, se me der licença..."

Charley ficou ali, boquiaberto, enquanto um Peter Vincent ressentido se afastava do Mercedes e cruzava o estacionamento até um Rambler antigo e decrépito. Seguiu o ator de longe.

"Sr. Vincent! Espera! *Eu* acredito em vampiros!"

"Que bom", respondeu o ator sem se virar. "Se ao menos houvesse mais jovens como você, talvez meu público fosse maior."

O Rambler estava próximo. Charley estava entrando em desespero. "Na verdade, tenho um vizinho vampiro. Será que o senhor... me ajuda a *matar* ele?"

Peter Vincent estremeceu, parando de andar de repente. Virou-se e olhou com frieza para o garoto. "Como é que é?"

Charley não recuou. "Eu disse: o senhor me ajuda a matar ele?"

O ator ficou vermelho como uma artéria pulsante. Sua voz saiu em notas truncadas e estridentes. "Ah, que *graça*! Formidável mesmo! Quem o mandou fazer isso, garoto? Murray? Olson? Todos os imbecis da porcaria da equipe? Vamos bater em quem já está caído! Um último golpe para me desejar *bon voyage*." Charley ficou só olhando. "E o que lhe *prometeram*? Uns trocados a mais para gastar com videogames insuportáveis?"

Chegaram ao carro. Vincent procurou as chaves, mas não conseguiu encontrá-las.

"Os *assassinatos*, sr. Vincent! Os que saíram no jornal! Quem está cometendo esses crimes é um vampiro e ele é meu vizinho!"

Peter Vincent se virou, já se cansando. "Não tem graça, filho", suspirou. "Acabou a piada, você cumpriu seu dever. Agora, vá embora jogar Pac-Man ou sei lá o quê."

Charley estava prestes a perder o controle. Agarrou Peter Vincent pelas lapelas, surpreendendo-o quase tanto quanto surpreendeu a si mesmo. "Sr. Vincent, eu não tô brincando! Isso é muito sério!"

Os olhos do ator ficaram ligeiramente arregalados. *Louco de pedra*, pensou ele. *Perfeito. Serei demitido, assediado e assassinado, tudo na mesma manhã.* Com delicadeza, tirou os dedos de Charley das lapelas.

"Sinto muitíssimo, mas não há nada que eu possa fazer." Charley recuou um pouco e Vincent se apressou a destrancar a porta.

"Mas o senhor disse que acreditava em vampiros... "

"Eu menti. Agora, me deixe em paz."

Charley parou, momentaneamente atordoado pela resposta sucinta. Vincent aproveitou essa hora para entrar no carro e trancar a porta. Quando ele ligou o motor, acelerando, o garoto ficou frenético.

"Por favor, o senhor tem que me ouvir! O vampiro tentou me matar ontem à noite e como não conseguiu acabou com meu carro!" Charley bateu na janela feito louco. Peter Vincent pôs o carro em marcha a ré e começou a recuar.

"Ele vai voltar e, se ninguém me ajudar, ele vai *me matar*..."

O ator fez uma curva ampla com o carro enquanto Charley continuava a bater na janela.

"O senhor tem que acreditar em mim!"

Vincent lançou um último olhar ao garoto, observando-o como se fosse um animal raivoso. Acelerou o motor e o carro saiu do estacionamento cantando os pneus.

"Sr. Vincent!"

Charley ficou lá, impotente, vendo partir sua última esperança.

12

O telefone tocava com frequência na casa dos Thompson, mas nunca era para Eddy Abo. De vez em quando, um bando de atletas bêbados mandava um trote em uma sexta-feira à meia-noite, claro; e os mesmos atletas, também raramente, ligavam ameaçando pendurá-lo pela cueca no mastro da bandeira se não os ajudasse a colar em uma prova.

Fora isso, um telefonema à casa dos Thompson significava uma destas muitas coisas: boliche, bridge, canastra, jantar havaiano, barzinho, churrascaria, pizzaria, o clube dos veteranos, o bingo, a oficina mecânica, o salão de beleza, pôquer, sinuca, o Super Bowl, a novela da tarde, a fofoca da semana ou o aumento no preço do macarrão instantâneo.

Nada disso tinha a ver com Eddy. Eram os elementos básicos que sustentavam a vida de Lester e Margie Thompson, os pais dele. Eram pessoas alegres, robustas e inquietas com pouca coisa na cabeça. Não entendiam a existência reclusa de seu filho magricela. Não compreendiam por que ele não saía para conhecer pessoas, fazer parte de um grupo e se divertir um pouco na vida.

Não entendiam que, na verdade, ele não gostava muito de pessoas. Era um conceito completamente além da compreensão deles.

Mas estavam presos uns aos outros, quer gostassem ou não. Tinham chegado a uma espécie de trégua apática e tocaram a vida adiante: Les e Marge no agito social, Eddy no quarto.

Quando o telefone tocou, ninguém imaginou ser para ele.

Ninguém *jamais* imaginaria ser uma garota.

Mas era, e por isso a velha Marge ficou em polvorosa. "Ah, Eddy!", gritou ela, levando-o até o telefone cor-de-rosa-xarope-infantil na parede da cozinha. "O que você andou *fazendo* que a gente não sabe?"

"Publiquei um anúncio no jornal pedindo umas virgens pra sacrificar", disse ele de brincadeira. Ela não riu. Provavelmente nem sabia que era piada. Eddy deu um gemido e a deixou arrastá-lo até a cozinha. Quem visse pensaria que estava atravessando o corredor da morte.

Mesmo assim, uma parte de Eddy ardia de curiosidade. Quem poderia estar ligando? E o que queria? Ele passou pela lista de garotas que já tinham olhado para ele em algum momento, pelo que sabia: Gail Blumstein, Peggy Lint, Anita Hogg e Beryl O'Flynn. Todas elas meninas de cabelo ensebado que cutucavam o nariz. Rezou para que nenhuma tivesse criado coragem para telefonar.

Assim, restou só uma possibilidade: era trote. Eddy entendia a mensagem de *Carrie*, de Brian De Palma: se puderem te esculhambar, vão te esculhambar. Esta era a sentença que Deus e o mundo deram aos desajustados: *peguem e matem todos*.

Ele conhecia a própria sina. Só não estava muito feliz com ela. Portanto, estava extremamente apreensivo quando pegou o telefone e o encostou ao lado da cabeça, feito uma roleta-russa.

"Alô?", disse ele, tentando ser forte.

"Alô, Eddy?", respondeu a voz do outro lado. Bonita, suave e intensamente feminina. Com certeza não era um dos caras.

"Hã... é." Sua mente estava pasma, o coração tamborilava acelerado. *Quem é?*, pensou, e ecoou a pergunta em voz alta.

"Aqui é a Amy Peterson. Sou... amiga do Charley." Parecia nervosa, envergonhada e muito preocupada. Eddy Abo levou um instante para continuar a conversa, porque estava ocupado demais ficando decepcionado e irritado. "Preciso falar com você sobre uma coisa."

"O que é?" Ríspido.

"Bom... ", e a hesitação descontente dela ficou bem nítida, "... você notou alguma coisa estranha no Charley esses dias?"

"Você quer dizer além da cara dele?"

"Não tô brincando, Eddy. É sério. Ele anda parecendo um maluco e me dá medo."

"Ah, é?" Por algum motivo, Eddy Abo não tinha imaginado que Charley poderia estar agindo assim com todo mundo. "Ah, é?", repetiu, repassando a conversa do dia anterior na memória. Começou a sorrir.

"Bom, ele veio aqui ontem", contou. "Foi a maior doideira. Ele disse que precisava da minha ajuda porque..."

"Ai, meu Deus."

"... tinha um vampiro tentando matar ele. Com você também foi assim?"

"Foi. Ai, meu Deus." Em sua mente, via Amy andando de um lado para outro e mordendo os nós dos dedos. A imagem o divertiu.

"Parece que o seu namorado está com um parafuso a menos, menina. Pode embrulhar ele pra presente e mandar pra Ala 3 Noroeste."

"Hein?"

"A ala de transtornos mentais no Hospital Memorial Hammer."

"*Eddy!*", gritou ela em uma voz tão chorosa que o fez questionar o próprio senso de humor distorcido. "Por favor, para de tirar sarro e fala comigo. Temos que descobrir o que vamos fazer... "

"Peraí", interrompeu ele, dessa vez sério. "Peraí, peraí, peraí. Segura essa onda. De onde saiu esse negócio de 'vamos'?"

"Bom, eu..." Ele a havia deixado na mão. A sensação de fazer isso não foi tão boa quanto imaginava. "É que achei que você ia querer ajudar o Charley", disse ela depressa. "Você é o melhor amigo dele..."

"Acho que estamos falando do passado, Amy. Ele *era* meu melhor amigo. Agora, é só mais um babaca que me ignora no corredor. E se ele quiser recortar bonequinhos de papel do Drácula, por mim, vai fundo. Mas é melhor usar uma tesoura sem ponta."

"Você está sendo bem maldoso, Eddy."

"Tô *me sentindo* maldoso, Amy. Não que alguém dê a mínima. Duvido que vocês viriam correndo *me* ajudar se... "

"Ah, é?" Agora era *ela* quem estava zangada, e Eddy ouviu o som distante de uma mesa sendo virada. "E aquela vez em que o Chuck Powell e o Butch Masey te encurralaram atrás do refeitório? Ou aquela vez no mato atrás da quadra de futebol?"

"Como é que você sabe dessas coisas?" Eddy entrou na defensiva. A lembrança daquela cena no bosque aflorou, patologicamente vívida, em sua mente. Ainda tinha uma cicatriz no braço direito por causa da ponta farpada do galho quebrado que abrira um rasgo de doze centímetros no bíceps dele quando Chuck, Butch e mais três caras o arrastaram da trilha e lhe deram uma surra.

E quem me salvou?, lembrou Eddy, descontente. *Quem deixou o Chuck de olho roxo e derrubou o Joey Boyle? Quem?*

Mas o argumento já fora validado.

"O Charley me contou", ela ia dizendo. "Ele fala muito de você. Quando a gente está vendo um filme na *Hora do Espanto*, ele diz: 'Eu e o Eddy já vimos esse umas doze vezes'. Ou a gente está no Wally's e ele começa a falar da vez em que você ficou com as dez primeiras colocações no *Space Invaders*..."

"Isso já faz tempo", interrompeu ele.

"Tá. Beleza", respondeu ela. "Tem razão. Isso é passado. Você não é obrigado a ajudar seus semelhantes. Que seja o que Deus quiser..."

"*Tá bom*, poxa!", retrucou Eddy, irritado.

Houve um momento tenso de estática e silêncio que se prolongou pela linha telefônica. Depois, ele concluiu:

"Então, o que a gente vai fazer?".

"Sra. Brewster?" Amy abriu a porta da cozinha um pouco mais, pondo a cabeça para dentro. "Sra. Brewster? Charley? Tem alguém em casa?"

Não houve resposta. Só o zumbido suave da geladeira. Amy se voltou para Eddy. Dando de ombros, ambos entraram.

Ao pé da escada ouviram um som abafado de madeira contra madeira. Depois, silêncio outra vez. "Vem", disse Amy, e subiram a escada.

A porta do quarto de Charley estava fechada. Uma faixa finíssima de luz saía por baixo dela, acompanhada de um delicado som de raspagem. Por um instante, pararam e se entreolharam, intrigados.

"*O que é que ele tá fazendo aí dentro?*", sussurrou Eddy no ouvido dela.

"*Sei lá. Mas Acho que é melhor a gente descobrir.*"

"Então vamos."

Só perceberam o crucifixo quando estavam quase trombando nele. Era grande e pesado, com adornos prateados em uma base sólida de mogno. Estava pendurado cerca de trinta centímetros acima da placa de "ENTRADA PROBIDA" na porta, refletindo a luz.

Entreolharam-se pela última vez, apreensivos. Então, Eddy suspirou, pôs a mão na maçaneta e a virou.

Sentiram a força total da transformação pela qual o quarto passara.

"Meu Deus do céu!", gritou Eddy. Charley virou a cabeça para eles de repente, gritando também, e pulou da cadeira feito um foguete. Chocada, Amy deu um gritinho agudo e cobriu a boca com as mãos, arregalando os olhos. Os três se olharam em silêncio por um longo tempo.

"Meu Deus do céu", repetiu Eddy em voz baixa.

O quarto de Charley se tornara uma combinação de fortaleza e catedral. Cada centímetro de mesa e escrivaninha estava coberto de velas acesas. Havia cruzes baratas penduradas por toda parte, competindo pelo espaço com pôsteres de Mustangs e BMWs, e superando-os a cada passo. Enormes cordões de alho emolduravam a janela e a parede da cama.

No chão, aos pés de Charley, havia um par de estacas de madeira rústicas, uma em cima da outra. Tinham sido esculpidas a partir de ripas de cerca: noventa centímetros de comprimento, sete de largura e dois de espessura. Charley tinha afiado grosseiramente suas extremidades até deixá-las brutas e pontiagudas.

Havia uma terceira estaca em produção. Ele segurava o embrião malformado na mão esquerda e a velha faca de escoteiro na direita.

Se atravessasse o peito de um homem, qualquer uma delas arrancaria metade do coração, varando as costas e o estofamento acolchoado do caixão — desde que o homem fosse um vampiro, deitado em seu esquife, em plena luz do dia e a muitas horas de distância do frio domínio da lua.

"Vocês devem querer saber o que eu tô fazendo", disse Charley.

"Pode apostar que sim", respondeu Eddy. Amy, por enquanto, estava sem palavras.

"Estou me preparando", explicou ele. "Dandrige não pode me pegar se eu ficar no meu quarto. Assim que o amiguinho dele sair de casa, vou até lá e vou enfiar uma dessas", brandiu a estaca, "bem no coração dele."

"Mas...", Amy começou a dizer. Era o primeiro som que emitia desde o grito que dera ao entrar.

"Não", declarou Charley, com a voz monótona e brusca. "Não quero ouvir ninguém dizer que estou dando uma de maluco. Não quero ouvir que estou vivendo em um mundo de fantasia. Tenho um vizinho novo. Ele é um vampiro. Ontem à noite, quase me matou. Não dou a mínima se *vocês* acreditam em mim, se a *minha mãe* acredita, se o *Peter Vincent* acredita ou não, porra. Tem um vampiro de verdade morando na casa aqui do lado e ele quer que eu morra porque sei o que ele é. Se não acreditam, vão pro inferno. Não quero discutir com vocês. Não tenho tempo."

E voltou a afiar a estaca.

"Peraí", disse Eddy Abo por fim. "Como assim, 'se o Peter Vincent acredita ou não'? Você *falou* com ele?"

"Falei", respondeu Charley, sem olhar para ele. Um pedaço curto, fino e curvo de madeira caiu no chão como uma folha no outono.

"E o que ele disse?"

Charley deu uma risada breve e amarga. "O mesmo que todo mundo. Que eu tô doido." A lâmina desferiu um golpe violento na haste de madeira. "Não importa."

"Como assim, não importa? Desculpa, mas essa é uma afirmação bem arrogante. Já parou pra pensar que você pode estar *errado*?!"

"E *você*, já parou pra pensar que eu posso estar *certo*?!" Charley se levantou, trêmulo, com a estaca e a faca ainda nas mãos. "Caramba, será que você já pensou *nisso*? Você não viu ele morder o pescoço daquela garota! Não viu ele se transformar de morcego em homem! Não viu ele entrar aqui e tentar *me matar* noite passada! Você não sabe do que está falando!"

"Charley, *por favor*", implorou Amy. Foi quase um sussurro, e ela estava a ponto de chorar. "Isso é loucura. Você precisa parar..."

"Amy." Frio, severo. "Me faz um favor. Vai pra casa."

"Estou só tentando ajudar!", retrucou ela.

"Que bom. Se quer me ajudar, pega uma daquelas estacas e vem comigo. É o único tipo de ajuda que eu preciso. Se não, vai pra casa, tá?"

"Amy, vambora", disse Eddy em voz baixa.

"Mas..." Ela se virou para encará-lo de olhos marejados e suplicantes.

"Vem. Não adianta. Ele não vai dar ouvidos." Eddy Abo parecia ligeiramente aborrecido com toda aquela situação.

"Ele tem razão", declarou Charley. "Não vou dar ouvidos."

Amy e Charley se encararam por um instante que se arrastou. A expressão de Charley era firme e determinada. Amy se esforçou para obter o mesmo efeito, mas estava prestes a irromper em lágrimas.

"Vem", insistiu Eddy. "Amy, vambora."

Amy fez que sim em um movimento quase imperceptível, afastando o olhar de Charley. Virou-se devagar e se encaminhou para a porta. Eddy Abo sorriu e deu um passo para o lado, indicando o corredor. Ela parou no meio da porta e se voltou para o quarto outra vez.

"Eu te amo, Charley", disse ela.

Sem esperar resposta, deu as costas e saiu.

"Parabéns, Brewster. Você é fera demais mesmo." Eddy Abo o olhou com desprezo, um tanto cansado, e foi atrás dela.

"E *agora*, o que a gente faz?", Amy quis saber. Tinham saído da casa em silêncio; estavam na calçada da frente, olhando para a luz que oscilava atrás da janela fechada no quarto de Charley.

"Isso é pura doideira", admitiu Eddy. "Nunca achei que o Charlito chegaria a esse ponto. Você viu aquelas *estacas*?" Amy fez que sim, apreensiva. "Dá pra imaginar martelar um treco daqueles no peito de alguém? É tipo..."

"*Eddy!*" Ela estava de olhos vermelhos e arregalados. Davam mais medo do que os olhos de qualquer morto-vivo que Eddy já tinha visto.

"Tá bom, tá bom. Desculpa." Deu um suspiro profundo e indignado que mostrava o quanto lamentava de verdade. "E eu bolei um plano, mais ou menos, mas não sei se vai dar certo."

"Sério?" A ameaça no olhar de Amy se atenuou, dando lugar a uma concentração profunda. "Qual é o plano?"

"Deixa ver..." Ele coçou a cabeça com gestos exagerados. "Pra começar, você tem dinheiro?"

"QUÊ?" Ela ficou furiosa em um instante. "Seu..."

"Não é pra mim, Amy! Meu Deus! Dá pra *relaxar* só um pouquinho?"

Ela deu um suspiro ainda mais profundo e indignado que mostrava exatamente o quanto estava relaxando. Então, preparou-se para ouvir.

Dois minutos depois, estava começando a sorrir.

Três minutos depois, disse: "Tenho dinheiro, sim. Tudo bem".

Quatro minutos depois, haviam garantido seus papéis no horror vindouro.

13

Faz sentido, refletiu Peter Vincent, *da maneira mais perversa possível. No fim, o Destemido Caçador de Vampiros é vítima dos sanguessugas mais aterrorizantes de todos.*

Segurava um maço de contas a pagar, todas vencidas havia muito tempo, muitas com o carimbo "último aviso". Uma delas era uma notificação de despejo que dava a ele três dias para desocupar o apartamento. Era exatamente o tipo de alegria de que precisava para completar o pior dia da história.

"Que se dane tudo isso", anunciou para a sala. As paredes, com uma infinidade de lembranças nelas penduradas, não responderam. Era óbvio que mais de trinta papéis estrelando clássicos como *O Castelo de Sangue*, *Presas da Noite* e *Vou Rasgar Sua Jugular* não significavam nada. Nem mesmo os cinco anos como o único apresentador de TV em um programa de terror noturno que poderia exibir seus próprios filmes. Nem sequer aqueles cinco anos vividos no mesmo apartamento, fingindo que o resto da vida estava resolvido.

Peter Vincent estava com medo. Mais do que isso, Herbert McHoolihee estava com medo. O homem por trás do pseudônimo estava encolhido desde o primeiro teste que fizera para um papel pequeno em *Os Dedos do Medo*. Conseguira um papel maior do que esperava, e assim tinha nascido Peter Vincent. Vinte anos de razoável sucesso como um dos principais nomes no ramo haviam enterrado as inseguranças do pequeno Herbert.

Mas, à medida que a máscara heroica se desgastava, assemelhava-se cada vez mais ao retrato do pobre Dorian Gray. Sua imagem de seriedade tornara-se ridícula até a seus próprios olhos. O semblante outrora imponente não expressava convicção. O peso de sua antiga preeminência tornara-se um bloco de concreto de 70 quilos amarrado a seu pescoço por uma espessa corrente e arremessado no rio.

Herbert McHoolihee estava se afogando e Peter Vincent não podia salvá-lo. Agora, por fim, o sonho havia acabado.

E o pesadelo estava livre para começar.

Alguém bateu à porta. Era o senhorio, sem dúvida, indo verificar se ele recebera o documento mortal. Cansado, Peter atravessou a sala e abriu a porta.

Encontrou lá uma dupla de adolescentes. O garoto era meio esquisito: tinha cabelo espetado como se tivesse levado um choque e um olhar maníaco, ligeiramente insano. A garota era muito mais convencional, com cachos castanho-claros e grandes olhos verdes agraciando uma aparência virginal de rainha do baile.

"Sr. Vincent", disse a garota em tom tímido. "Posso falar com o senhor por um instante?"

Peter superou a surpresa momentânea e os avaliou rapidamente. O que quer que fosse, ficou claro que era um assunto sério. Ele então pensou nas contas e sua empatia disse adeus. "Infelizmente, não é um bom momento...", começou a dizer.

"Por favor", disse a garota, e foi impossível não notar o desespero no olhar e na voz dela. "É extremamente importante."

"Pois bem." Ele suspirou. "Podem entrar." Alguns minutos não fariam mal, imaginou. Talvez dessem um pouco de ânimo a seu velho ego. Convidou-os a entrar com um gesto amplo, fechou a porta e os conduziu até o centro da sala de estar.

"O que posso fazer por vocês?", perguntou. "Uma entrevista para o jornal da sua escola? Uns autógrafos, quem sabe?"

"Não", respondeu a garota. "Infelizmente, é muito mais importante."

"É mesmo?" Ele franziu um pouco a testa.

"Sei que é um homem muito ocupado. sr. Vincent, mas estamos tentando salvar a vida de um garoto."

"Ah, sim." Bufou. "Consigo imaginar que seja mais importante. Pode explicar melhor?"

"Lembra de um aloprado com nome de Charley Brewster?", perguntou o garoto, intrometendo-se. Antes disso, estava olhando os pôsteres de filmes com óbvia admiração; agora, aproximou-se, concentrado na conversa. "Ele disse que falou com o senhor."

"Não", respondeu Peter, franzindo a testa e balançando a cabeça ao fingir que se concentrava.

"É o que acha que tem um vizinho vampiro", explicou a garota.

"Ah, sim." Peter sorriu ao falar. "Completamente insano." Adotou então um ar de preocupação paternal e disse: "Céus, espero que não seja amigo seu".

"Ela tá a fim dele", disse o garoto com um sorriso malicioso. A garota corou e deu um soco no braço dele. O jovem gritou.

"Precisamos da sua ajuda pra fazer ele parar, sr. Vincent. Sabe, ele acredita de verdade que o vizinho é um vampiro. Está planejando matá-lo."

"Com uma estaca no coração", acrescentou o garoto em uma alegria perversa.

Por um momento, Peter os encarou. Por fim, disse: "Vocês estão caçoando de mim". A garota negou balançando a cabeça com sinceridade absoluta. "Meu Deus. Minha jovem, seu amigo precisa de um psicólogo criminal, não de um caçador de vampiros."

"Por favor, sr. Vincent", disse ela, começando a implorar.

"Infelizmente não posso, minha cara. Entenda, Hollywood me chama. Recebi a proposta de um papel importante em um filme de grande porte. Precisei até me aposentar da *Hora do Espanto*, por isso..."

"Tá brincando!", exclamou o garoto. De repente, ficou cabisbaixo. Isso aqueceu o coração de Peter.

"Infelizmente, sim. Por quê? Você é fã do programa?"

"Desde o começo", respondeu ele, triste.

"Ah, minha nossa", ronronou Peter. "Bom, é claro que não posso deixá-lo ir embora sem um autógrafo, não é mesmo?" Começou a revirar os papéis na mesa em busca de uma caneta.

"Sr. Vincent, por favor." De repente, a voz da garota adquirira um tom mais incisivo. Ele se voltou para ela, aturdido.

"Eu contrato o senhor", declarou ela. "Eu pago."

"Quanto?", perguntou, rápido como um raio.

"Quinhentos dólares."

"Aceito."

Toda a existência de Peter Vincent se transformou ao som daquelas duas palavras mágicas. *Quinhentos dólares.* Poderia pagar o aluguel e impedir que a companhia telefônica cortasse sua linha, ganhando tempo para encontrar uma nova base de operações. Havia uma emissora em Cleveland que expressara interesse por ele; só Deus sabia quantos outros programas de terror de sábado à noite precisavam de um apresentador com seus talentos óbvios.

"Então, como vamos curar seu amiguinho da ilusão?", começou a falar, todo jovial e disposto a ajudar.

"Já planejei tudo", disse o garoto. "Vamos até a casa do vizinho dele e fazemos ele passar por um teste pra ver se é vampiro. Sabe, como em *A Orgia dos Amaldiçoados*?"

"Ah, sim!" Agora Peter estava completamente radiante. "Acredita que ainda tenho o adereço?" Levou a mão ao bolso do colete debaixo do robe e tirou uma cigarreira prateada. Abrindo-a, revelou os filtros brancos de seus cigarros Carlton 100's e o interior da tampa.

Era um espelho.

"Viu só?", disse ele, mostrando-o para Amy. "A maioria dos vampiros não têm espelho em casa. Seria um tanto desconcertante, creio eu, tentar ter um vislumbre de mim mesmo e não encontrar reflexo nenhum." Ele riu, fechou a cigarreira e a guardou de novo no bolso. Voltou-se para o garoto e disse: "Para mim está ótimo, mas o vizinho aceitou fazer isso?".

O jovem sorriu. "Eu cuido disso. Hum... posso usar seu telefone?"

Peter Vincent teve o maior prazer em mostrar a ele onde estava o aparelho. As palavras mágicas continuavam a dançar feito coristas em sua mente. Mal conseguia acreditar naquele feliz caso de sincronicidade.

• • •

Todos os relógios começaram a tocar ao mesmo tempo. Os grandes relógios de chão, assim como os modelos de parede e de mesa, igualmente antigos, dispararam em perfeito uníssono.

Precisamente às 18h horas.

Na sala, Billy Cole terminou de comer uma torrada, tomou um último gole de chá e dobrou o jornal com perfeição na bandeja. Sorriu, uma mudança muito breve em suas feições, ao olhar para a manchete lúgubre:

O ASSASSINO DE RANCHO CORVALLIS ATACA OUTRA VEZ
ESTUDANTE NUA ESTRANGULADA
Detalhes, p. 3

Billy pegou a bandeja e foi para a cozinha. Em sua mente havia apenas pensamentos felizes...

... O nome dela era Jeanette, era estudante universitária (ou assim afirmava), e não fazia aquilo com frequência, mas precisava do dinheiro para pagar o próximo semestre (houve redução nos empréstimos estudantis, segundo ela)... Era pequena, mas os seios eram bem fartos e exuberantes, e estavam apertados contra o braço nu da jovem quando ele passou o saco de lixo por cima da cabeça dela e a colocou no jipe... Naquela hora, ainda estava viva, por pouco, mas não importava; o trajeto até a pedreira era longo e ele iria devagar. Quando chegasse, ela estaria no ponto, já fria...

E seria hora dele se divertir...

Andou pela cozinha, arrumando tudo. Dandrige queria o lugar sempre impecável. *Mas esse trabalho não é nada mau*, refletiu ele. *Onde mais poderia saborear iguarias como aquela?*

Pouco antes das 18h10, o telefone começou a tocar. Naquela hora, já se ouviam passos subindo a escada.

Billy foi até o telefone e o atendeu: "Pois não?".

Passou-se um momento e Jerry Dandrige apareceu no alto da escada do porão. Estava com um ar bem descansado. Perfeito, como sempre.

"É pra você", disse Billy.

Jerry fez que sim, entrando na cozinha. Pareceu quase *deslizar* pelo piso, embora Billy soubesse que não era exatamente isso. Era apenas a graça inacreditável da espécie dele. Por um instante, teve inveja do mestre, mas logo trancafiou esse pensamento. Sua função era diferente e imutável. Os poderes deles nunca lhe pertenceriam.

Os poderes dele bastavam.

Jerry meneou a cabeça educadamente e pegou o telefone. "Pois não?", respondeu, simpático. Billy voltou às sombras e esperou.

O mestre balançou a cabeça, emitindo palavrinhas de satisfação e concordância. O telefonema durou cerca de trinta segundos. Ele então pigarreou e disse: "Entendi. Sim, claro. Estou sempre disposto a ajudar os jovens. Mas, infelizmente, as cruzes não são aceitáveis. Sabe, eu me converti há pouco tempo...".

Ele sorriu para Billy, que retribuiu.

"Sim, exato. Não quero desrespeito aos sacramentos na minha presença. Devo insistir nisso. Minha fé assim exige."

Uma breve pausa. "Sim, eu espero." Uma pausa mais longa, seguida de mais palavrinhas.

"Tudo bem", disse ele por fim. "Desde que a água não tenha sido abençoada, não vejo problema em algumas poucas gotas. Problema nenhum." Mais uma pausa.

"Na verdade..." disse ele, prolongando a palavra, "esta noite seria perfeita para isso. Tínhamos um compromisso na hora do jantar, mas, infelizmente, foi cancelado. Seria maravilhoso receber uma visita sua e do sr. Vincent. Por favor, venha... Ah, sim. Traga o garoto e a namorada dele."

Billy começou a rir. Jerry abanou o dedo para ele, mas o gesto não tinha autoridade. O mestre também estava tentando, desesperadamente, não rir.

"Sim, sim. Perfeito. Daqui a uma hora está bom. Até daqui a pouco... Não, não, *eu* é que agradeço! Tchau!"

Desligou o telefone e os dois se entreolharam na sala escura. Billy deu de ombros e sorriu, como quem diz: *Não me pergunte, chefe. Sou só um empregado.*

"Sabe de uma coisa, Billy?", disse o vampiro por fim. "Às vezes acho que alguém lá em cima gosta de mim." Apontou a garra longa e ossuda em direção ao céu.

Ambos riram, riram e riram ainda mais.

● ● ●

"Combinado", disse o garoto. "Agora só precisamos convencer o Charlito a ir com a gente."

"Eu cuido disso", anunciou Amy. Lançou um olhar ligeiramente frio a Peter e acrescentou: "Agora preciso usar seu telefone".

"Fique à vontade", respondeu Peter com entusiasmo, indicando a direção com gestos amplos. Reconheceu a expressão no rosto dela: o ressentimento, a dependência a contragosto, a indiferença divinizada provinda do fato de ser quem controlava o dinheiro.

Não importa, pensou enquanto ela começava a discar o número. *Duvido sinceramente que os olhares malignos que vou aguentar farão jus a quinhentos dólares.*

Não tinha como saber o quanto estava enganado.

14

Três estudos em movimento: um convencido, um compassivo e um completo.

"São 19h05", comentou Charley, um tanto inquieto. "Ele disse às 19h, né? Então, cadê ele?"

"Não fica estressadinho, Charlito. O cara disse que vinha, então ele *vem*, caramba." Eddy se virou e pôs as mãos nos bolsos da jaqueta aviador que usava. "É melhor vir mesmo, depois da grana que ela desembolsou."

Amy deu um chute nele, sutil, mas doloroso. Charley não prestou atenção, completamente perdido nos pensamentos. "Ele vem", disse ela, tocando o ombro do namorado com delicadeza. "Prometo."

Imerso em um poço sem fundo de dúvidas, Charley estava prestes a responder quando viu o Rambler antigo e barulhento entrar na rua. "Ele chegou! Legal!", gritou, correndo até lá. Amy e Eddy deram de ombros e foram atrás dele.

"*Chegou*, é?" Eddy ficou meio espantado ao ver o meio de transporte surrado do Grande Caçador de Vampiros. Pelo que pagaram, esperava algo um pouco mais impressionante, mesmo que fosse de outra pessoa.

O Rambler estacionou, estremecendo. Charley pulava feito um Cocker Spaniel, incapaz de se controlar. "Sr. Vincent, não sei nem como agradecer."

Peter Vincent saiu do carro. Usava um verdadeiro traje de gala de caça aos vampiros: terno vitoriano Harris Tweed, acompanhado de capa de chuva e chapéu. Apertou vigorosamente a mão de Charley, exagerando na dose. "Não há de quê. Sinto muitíssimo pelo nosso encontro hoje de manhã, mas você deve entender que recebo pedidos semelhantes o tempo todo, e nem todos são tão fundamentados quanto o seu." Ele olhou para Amy. Ela sorriu, aprovando o gesto.

"Mas, quando seus amigos aqui explicaram a situação pavorosa em que você está, meu dever ficou claro. Portanto", concluiu, juntando os calcanhares com um estalo e curvando-se em um movimento brusco, "Peter Vincent, Caçador de Vampiros, ao seu dispor. Agora, vamos direto ao assunto. Onde fica o covil da suposta criatura da noite?"

Charley apontou, nervoso. "É logo ali", disse ele.

Muito sério, Peter observou a casa. "Ah, sim. Entendo o que quer dizer. Há uma *distinta* possibilidade." Voltou ao carro e pegou uma bolsinha de couro. Deixando-a em cima do capô, ele a abriu, tirando um delicado frasco de cristal com um líquido. Depois guardou a bolsa e se voltou para eles, empinando os ombros. "Bom", disse ele, "então, vamos?"

Eddy Abo abriu um sorrisinho sarcástico. "Cadê as estacas e o martelo?"

Peter Vincent o encarou com frieza. "Estão no carro."

"O senhor não vai entrar *sem* elas!" Charley estava horrorizado. "É *suicídio!*"

"Antes de matá-lo preciso provar que ele é um vampiro, Charley."

"Mas eu *já sei* que ele é um vampiro!"

"Mas *eu* não!" Vincent olhou para ele com sua expressão mais paternal. "Confie em mim, Charley. Estou fazendo isso há muito, muito tempo e não os colocaria em perigo, muito menos a mim mesmo."

Vincent ergueu o frasco à luz. "Isto", revelou ele, "é água benta. Devidamente santificada e abençoada. Bastará *um único toque* para criar bolhas na pele dele. Vou pedir que ele a beba."

"Ele nunca vai topar! Vai matar todos nós!", gritou Charley. Ele encarou os três, procurando um sinal de sanidade.

Eddy gargalhou. "Ele já topou, seu trouxa!"

Charley olhou para Peter Vincent. "*Sério?*"

Peter fez que sim, muito sério. "Sim'", respondeu. "O que não fortalece sua alegação, não é? Agora, vamos?"

Charley estava travado. "Mas...", gaguejou, pegando o braço de Peter.

Amy interveio. "Sr. Vincent", disse ela, com olhos suplicantes. "Se o Charley tiver razão e o senhor *provar* que ele é um vampiro, corremos perigo?" Charley fez que sim, apoiando enfaticamente a proposta.

"De jeito nenhum, minha cara. Os vampiros são astutos acima de tudo, e seria muito difícil ocultar nosso falecimento coletivo." Ele olhou para Charley. "Não, esta noite estaremos a salvo, e podemos voltar à luz do dia para executá-lo. Afinal de contas", acrescentou com uma piscadela, "*eu sou* Peter Vincent."

O ator se virou com um gesto teatral e marchou pela calçada com passos viris. Charley olhou para Amy. Amy olhou para Eddy. Eddy sorriu e olhou com uma leve desconfiança para tudo aquilo.

"Já que a gente pagou pra ver..."

Andaram depressa pela calçada.

E a King Street passou do crepúsculo para a escuridão.

15

A enorme porta de carvalho se abriu com um rangido pouco antes de Peter Vincent alcançar a aldrava. Ele recuou em um gesto quase imperceptível, assim como Eddy e Amy. Charley quase teve um ataque cardíaco. Mas o terror diminuiu quando Billy Cole surgiu de trás da porta com uma esponja encharcada de limpa-madeira. Abriu um sorriso largo, largando a esponja em um balde e enxugando a mão no jeans.

"Ah, oi! Não sabíamos que vocês chegariam tão cedo. Espero não ter assustado ninguém." Indicou o balde. "Só cuidando do restauro e manutenção. Eu sou Billy Cole." Estendeu a mão, caloroso. "E o senhor deve ser..."

"Peter Vincent, caç..." Ele se deteve. "Peter Vincent."

"É um prazer, sr. Vincent. Jerry falou do senhor." Fez um gesto expansivo. "Por favor, querem entrar? Não reparem na bagunça."

Ele recuou enquanto entravam, Charley se abaixando um pouco assim que passaram pela porta, como se esperasse uma emboscada. Amy estremeceu de vergonha.

Billy os conduziu até o saguão enorme, com a grande escadaria diante deles. À esquerda ficava a sala de visitas. A parede repleta de relógios tiquetaqueava em um staccato ensandecido.

"Está a maior bagunça", confessou ele. "Acabamos de nos mudar." Voltou-se para a escada e gritou: "Ei, Jerry! Temos visita!".

Esperaram em um silêncio arrebatado. Vários segundos se passaram.

"Talvez ele não tenha ouvido", sugeriu Peter Vincent, pesaroso. De repente, sentiu-se imensamente envergonhado. Nem mesmo o dinheiro da garota valia aquela farsa ridícula. Para o inferno com aquele garoto tolo e a namorada de olhar doce. Ainda lhe restava *um pouco* de orgulho. Naquele ritmo, acabaria animando festas de aniversário.

Billy Cole sorriu feito uma carranca de abóbora no Dia das Bruxas. "Ah, ele me ouviu, sim!"

Jerry Dandrige desceu da escuridão no alto da escada, a epítome do charme e da graça. Tudo nele exalava uma elegância sutil: os sapatos obviamente feitos à mão e muito caros, as roupas (um belo conjunto de blusa e calça de lã) informais, mas exclusivas. O comportamento era o de um homem bem-educado, quase nobre, como se não tivesse a menor preocupação na vida e pudesse se dar ao luxo de ser benevolente.

Eddy e Peter ficaram impressionados a ponto de se distraírem.

Para Charley, ele parecia mais ameaçador do que nunca.

Amy o achou lindo.

Acompanhado por todos os olhares, Jerry chegou ao pé da escada e se voltou para Peter com um sorriso ofuscante. "Ah, sr. Vincent, que bondade a sua ter vindo. Vi muitos dos seus filmes e os achei *muito* divertidos." Estendeu a mão.

Peter a apertou, muito alvoroçado. Até onde sabia, era a primeira vez que alguém com mais de 15 anos admitia ter visto todos os seus filmes e, ainda por cima, gostado deles. "Ora, obrigado...", gaguejou.

"E quem são essas duas pessoas tão atraentes?"

Peter sorriu. "Esse é Ed Thompson e esta é Amy Peterson."

Jerry se curvou, beijando a mão de Amy. "Encantado", ronronou. Ela pareceu ter um orgasmo. Ele então olhou para Charley com uma piscadela e um sorriso perverso. "É isso que um vampiro deve fazer, hein, Charley?"

Todos na sala riram. Até Amy disfarçou uma risadinha. Charley se sentiu inútil. Fez cara feia e não disse nada.

Jerry sorriu e indicou a sala de visitas. "Por favor, entrem. Fiquem à vontade." Conduziu Peter até a sala. Billy foi atrás deles, rindo com vontade. Amy e Eddy ficaram olhando, completamente cativados.

"Nossa, que gato", comentou Amy com um suspiro. Praticamente flutuou até a sala, esquecendo-se por completo da presença de Charley. Eddy lançou um olhar entediado para ele.

"Taí seu vampiro, Brewster", disse, e foi saltitando juntar-se aos outros.

Se tivesse uma granada, Charley jogaria naquele lugar. Queria gritar: *Não acredito que vocês estão caindo nessa!* Mas estavam. Era um adolescente paranoico contra Vlad o Empalador, e ele estava perdendo de lavada.

O jeito é dançar conforme a música, pensou. *Pegar o cara de surpresa.*

Foi até a sala, onde entrou feito o bichinho de estimação temperamental da família. Estava com cara de quem bebeu vinagre, mas ninguém pareceu se importar. Estavam encantados demais com os comentários sagazes de Dandrige.

A sala era espaçosa e arejada, mesmo com o chão ocupado por caixas e caixotes, todo envolto em cortinas grossas. Jerry olhou para eles com pesar. "Por favor, desculpem pela bagunça. Ainda estamos arrumando a mudança."

Peter fez que sim, solidário. Charley não aguentou mais. Encarou Dandrige, tentando falar com uma voz firme e decidida. "Onde é que fica o seu caixão? Ou você tem *mais* de um?" As palavras saíram em um resmungo petulante.

"Charley...", rosnou Peter, tentando esconder a raiva.

Dandrige permaneceu inabalado. "Está tudo bem, sr. Vincent. Como devem ter notado, gosto muito de antiguidades", comentou, fazendo um gesto amplo pela sala. "Na verdade, foi assim que conquistei minha fortuna: negociando antiguidades e obras de arte. O 'caixão' que parece ter iniciado esse caso trata-se de um baú bávaro do século XVI que Charley viu quando eu e Billy o trouxemos para dentro."

"Isso mesmo", concordou Billy. "Jerry encontra e eu restauro. Somos sócios."

"Mentira", disse Charley. "É tudo mentira! Não era um baú, era um caixão! E ele não é seu sócio, é seu *mestre*! Eu te vi *ajoelhado*..."

"Charley!" Peter estava horrorizado. *Eu tinha razão. Ele é completamente insano.*

"Não há o menor problema, sr. Vincent", disse Jerry. "Já me acostumei. Como deve saber, ontem Charley trouxe até a polícia aqui."

Peter estremeceu. Já bastava; estava farto daquela situação humilhante. O garoto que falasse com a mãe, ou com um psiquiatra, ou com a TV, problema dele. Envolver a *polícia*?

Todo mundo olhava para Charley como se ele tivesse feito sujeira no tapete. *Charley malvado! Muito, muito malvado...*

"Ah, Charley, você *não* fez isso..." Amy estava constrangida.

"Fiz, sim!", respondeu ele, enfático. "Só que a polícia não acreditou em mim, assim como você." Encarou Amy, depois se voltou para Peter e disse: "Mas vai acreditar. Sr. Vincent, dê a água benta pra ele."

"Charley, não há motivo para essa grosseria", disse Peter, sorrindo e rilhando os dentes ao mesmo tempo.

"Não, sr. Vincent, ele tem razão. Onde está a, hã, água *benta*?"

Peter sacou o frasco em um gesto furtivo. Os olhos de Eddy brilharam. "Tem *certeza* de que é água benta, sr. Vincent?", perguntou.

Peter sorriu com confiança, fazendo que sim. "Sem dúvida", respondeu. "É do meu estoque particular. O padre Scanlon, da Igreja de Santa Maria, a abençoou pessoalmente." Entregou o frasco para Jerry, que o aceitou com vaga relutância.

Por um instante, Jerry sondou o olhar de Peter. O velhote era louco de pedra, com certeza. Tinha *mesmo* um estoque de água benta? Estava tão envolvido com sua persona patética que talvez fosse verdade. Se fosse, o simples ato de encostá-la nos lábios provocaria uma agonia ardente e incessante.

Ele tirou a tampa do frasco, tentando farejar algum sinal de perigo. Todos os olhos estavam colados a seus movimentos. Billy se afastou discretamente, posicionando-se no pórtico e bloqueando a saída. A tensão era uma presença palpável na sala, a eletricidade tinia no ar.

Charley se aproximou de Amy ao mesmo tempo que tirava a cruz do bolso. *"Se prepara pra fugir"*, sussurrou. *"Eu te protejo com isso."*

Jerry sorriu e deu de ombros, inclinando o frasco na boca. Bebeu tudo de um só gole. Deu uma piscadela.

Curvou-se com um floreio...

... e o resultado foi brutal.

• • •

Aconteceu muito depressa. Dandrige se dobrou ao meio de repente, respirando em arfadas secas e horríveis. Amy, Peter e Eddy se aproximaram. Charley se empertigou, triunfante, brandindo a cruz. Antes que pudesse falar, uma grande mão envolveu a dele e a apertou, partindo o crucifixo barato em dois. Ele se voltou para encarar Billy, que sorria e balançava a cabeça.

Acima de tudo, gargalhadas.

Dandrige endireitou o corpo, rindo com vontade. Choque, alívio e confusão inundaram os convidados. Billy riu, dando tapas nas costas de Charley. Todos na sala ecoaram as risadas.

Menos um.

"Isso também é o que um vampiro deve fazer. Não é, Charley?", disse Jerry.

Peter se voltou para Charley, infinitamente agradecido a Dandrige por desviar o alvo do constrangimento. "Você viu. Agora, está convencido de que o sr. Dandrige não é um vampiro?"

Charley sentia que estava a ponto de explodir. "É um truque! Tem que ser! O padre não abençoou a água direito, ou nem abençoou nada!"

"Está me chamando de *mentiroso*, meu jovem?", perguntou o ator, ressentido. "Esta noite, você já passou vergonha uma vez. Não vejo motivo para repetir o erro."

"Pois é, Charley", disse Dandrige. "Já causou muito incômodo aos seus amigos. Não quer causar mais, não é mesmo?"

Charley desviou o olhar, arrasado em sua derrota. *O filho da puta me pegou mesmo*, pensou. *Agora, nunca vão acreditar em mim*.

"Acho que não."

"Excelente." Jerry sorriu enquanto a tensão se esvaía da sala. "Estou muito feliz por tudo ter se resolvido, finalmente." Gesticulou com os braços abertos, levando-os até a porta.

Billy se voltou para Peter. "Eu pego seu casaco", disse ele, indo para a antessala.

• • •

À porta, Jerry se voltou para Amy e Eddy. Billy voltou com o casaco de Peter e o ajudou a vesti-lo. Peter tirou um cigarro do bolso, imensamente aliviado.

"Foi ótimo conhecer vocês dois", disse Jerry, "apesar das circunstâncias peculiares. Por favor, apareçam." Olhou bem para Amy, com os olhos cintilando levemente. "Serão sempre bem-vindos."

Por um momento, os olhos dela ficaram turvos enquanto a semente criava raízes.

(Diga "obrigada".)

"Obrigada", respondeu Amy com um olhar inexpressivo.

("Eu adoraria.")

"Eu adoraria, sr. Dandrige..."

"Por favor, me chame de Jerry." *(Beijos, tchau.)*

"E você", disse ele, voltando-se para Eddy...

Peter bateu o cigarro no espelho dentro da cigarreira. Alguns fragmentos de tabaco caíram no espelho. Ele se inclinou um pouco para a frente para soprá-los...

... e sentiu o sangue gelar nas veias.

Não conseguia acreditar nos próprios olhos. Lá estavam: Charley, amuado e ansioso; Amy, olhando com ar sonhador para o nada...

... e Eddy, oferecendo um firme aperto de mão para o ar diante dele.

Peter ergueu o olhar. Lá estava Dandrige, exalando graça.

Olhou para o espelho. Sem Dandrige.

Com Dandrige.

Sem Dandrige.

Achou!

Peter Vincent, o Grande Caçador de Vampiros, ficou pálido de choque. A cigarreira escapou das mãos e caiu no chão com um estardalhaço e um tinido de vidro quebrado. Ele se ajoelhou, com o coração acelerado, e recolheu os pedaços.

Todos os olhos se voltaram para Peter, que pegou a cigarreira no chão e a guardou no casaco antes que mais alguém visse o que era.

"Alguma coisa errada, sr. Vincent?", perguntou Dandrige, conciliador.

"Não, não, é que sou estabanado", gaguejou Peter. Esperava que ninguém notasse o quanto tremia. "Amy, Ed, Charley, já passamos muito tempo aqui. Venham."

Jerry viu o velhote avançar para a porta. Estava pálido, trêmulo. Rígido. Imaginou se o sujeito estava tendo alguma espécie de ataque. Peter se dirigiu a ele com os olhos arregalados e um sorriso tenso.

"Agradeço mais uma vez, sr. Dandrige. Sr. Cole." Meneios educados de cabeça.

"O prazer foi meu. Volte sempre."

Peter Vincent fez que sim em um gesto seco e, na pressa de sair, praticamente caiu porta afora. Os jovens foram a seguir, Charley lançando um último olhar raivoso à sala. Billy fechou a porta sem fazer barulho depois que o garoto saiu, abrindo um sorrisinho sem alegria.

"Bravo", disse ele. "Atuação impecável."

Jerry cruzou o saguão e parou de repente para pegar algo brilhante no chão. Algo reluzente. Virou o objeto de um lado para o outro, depois o mostrou para Billy. Sua compreensão crescia a cada refração da luz que brincava na superfície do vidro espelhado.

"Talvez não", refletiu em voz alta.

Peter chegou ao carro em tempo recorde. Correr passaria má impressão, mas não fazia mal nenhum andar tão depressa quanto suas pernas magras conseguiam.

Charley estava completamente confuso. *Parece até que ele vai ter um treco.* "O que é que o senhor tem?", perguntou.

"Nada. Me deixe em paz." Peter estava inclinado contra a porta do carro, tentando encontrar a chave. A respiração saía em lufadas roucas.

"Então, por que suas mãos estão tremendo?"

"Não estão, *não*. Agora, me deixe em paz, já disse!" Derrubou a chave, aflito.

"O senhor *viu* alguma coisa lá atrás, não viu?", disse Charley em tom de acusação. Apontou para a casa. Amy e Ed estavam saindo da varanda naquele momento.

Peter olhou para ele com raiva. "Eu não vi nada", respondeu. *"Nada."* Pôs a chave na fechadura, virou a tranca, abriu a porta e sentou-se ao volante.

"O senhor viu *alguma coisa*", insistiu Charley com a voz abafada pelo ronco do motor do Rambler. "Viu alguma coisa que convenceu o senhor de que ele é um vampiro, não foi?"

"Não!" Peter engatou a primeira marcha, pisando na embreagem.

"Não foi?"

"CAI FORA!"

O Grande Peter Vincent enfiou o pé no acelerador, fazendo os pneus cantarem ao partir noite afora.

"Merda!", resmungou Charley, pisando também com força, mas no chão. "Merda, merda, merda, merda, merda..."

16

Charley estava muito alterado, pensou Amy. Ficou claro que aquela reunião fracassara no principal objetivo: ele ainda acreditava que Dandrige era um vampiro. Não tinha parado de discutir com Eddy Abo a respeito disso durante os últimos vinte minutos, desde que começaram a acompanhar Amy até em casa.

Curiosamente, sentia-se alheia àquilo, ouvindo os dois falarem sem parar. Sua mente racional queria tomar o partido de Eddy e fazer a lógica capenga de Charley tomar um nocaute. Mas havia silhuetas escuras se movimentando nos cantos sombreados de sua consciência, onde o pensamento dava lugar a intuições sussurrantes e medos sutis, mas inoportunos, que derrubaram sua convicção.

Tais medos deram a ela um motivo, por mais insensato que fosse, para duvidar.

E se ele tiver razão?, viu-se refletindo. A ideia se recusava a ser descartada como tolice. Alguma coisa estranha havia acontecido quando Dandrige olhara para ela, disso tinha certeza. Algo estranho...

... e não de todo desagradável.

Já tinham percorrido um quilômetro e meio, andando depressa em direção ao centro de Rancho Corvallis. Os primeiros prédios de cinco e seis andares começaram a surgir diante deles, ocupando o céu esporadicamente. A Green Street estava deserta e era tudo, menos *verde* como dizia o nome: uma faixa infinita de cinza com cinza, pontuada por focos de luz e escuridão.

Havia um beco especialmente escuro à esquerda deles. É óbvio que Eddy Abo foi naquela direção. "Aí, gente", gritou ele. "Vamos cortar caminho por aqui."

"*Nem pensar*, cara! A gente quer ver luz e pessoas! Quanto mais, melhor!"

"É, sei, você escolheu o lugar perfeito pra isso, fera: o que mais tem por aqui são pessoas e luz, até onde a vista alcança!" Fez um gesto amplo indicando o vazio ao redor.

Charley se irritou. "Bom, melhor do que entrar *aí*!" E apontou para o beco. "Isso aí é uma armadilha *mortal*!"

"Ah, vai se foder, Brewster! Você tem um problema sério, sabia? Maluco de carteirinha!" Afastou-se dos outros, decidido, indo em direção à entrada do beco. "Tchau mesmo."

"Ed, deixa disso." Charley abandonou a raiva, e só o que restou foi medo. "Fica com a gente."

"Sai fora. Amy, que pena que o seu namorado é tão babaca. Não aguento mais ver ele andando por aí se borrando todo. É de dar vergonha." E desapareceu na escuridão.

Durante toda a conversa, Amy continuou estranhamente indiferente. As formas sombrias ocupavam sua mente cada vez mais, levando-a para mais e mais longe da Green Street, de Charley, Ed e a discussão sem fim. Ela não resistiu quando Charley a pegou pelo braço e disse: "Deixa pra lá. O Dandrige não ia querer ele, mesmo. O sangue dele deve dar indigestão".

Foi o grito que a despertou daquele estado.

Cada fio de cabelo em seu corpo se eriçou, atento; cada terminação nervosa gritou em solidária dissonância. Foi como levar um breve choque de 110 volts em um cabo defeituoso: o terror que chiou por seu corpo era um ser vivo, crepitando, incinerando e fundindo tudo o que tocava.

Ela ergueu as mãos e agarrou os ombros de Charley em um aperto exagerado. Olhou nos olhos dele. Compartilharam um momento de paralisia mútua e apavorante...

... e ouviram o grito novamente, desta vez mais alto e pior. Muito pior. Como se alguém tivesse enfiado as garras na garganta agonizante, arrancando-a jogando-a pelo ar, ensanguentada. *Eddy, é o Eddy, Eddy Abo...* sua mente cantarolava desvairada.

Logo estavam correndo diretamente para a entrada do beco, batendo os pés como tambores na rua, sem pensar no barulho que faziam, sem pensar em como daria na mesma se fossem anunciados ao som de trombetas.

Sem pensar na morte rumo à qual se atiravam.

Na metade do beco havia uma fila de latas de lixo. Algumas tinham sido derrubadas (*e ela não ouvira o som de metal caindo, misturado aos gritos?*). Estavam tombadas de lado, com o conteúdo liquefeito e apodrecido nas pedras do calçamento.

Havia uma silhueta sombreada atrás delas, encolhida junto da parede, imóvel. Amy agarrou o braço de Charley, fazendo-o parar, e apontou com o dedo trêmulo.

"Ai, meu Deus", sussurrou ele.

Devagar, aproximaram-se do corpo. Estava deitado lá, encolhido, uma bola fetal de membros inertes. A cabeça estava virada, escondida. Não conseguiam ver o rosto.

"Ai, meu Deus, Eddy", gemeu Charley. "Ai, meu Deus, Eddy, não... "

Ajoelharam-se ao lado do corpo. Ele não se mexia. Não respirava. Amy sentiu o líquido gelado que escorria por suas entranhas. Estava zonza e nauseada, prestes a desmoronar.

Isso não pode estar acontecendo, não pode estar acontecendo, repetia uma voz na mente dela enquanto Charley esticava a mão hesitante para tocar os ombros imóveis...

... e o corpo se virou, uivando, tentando agarrar o pescoço dele.

Amy gritou e cambaleou para trás. Charley gritou e caiu de bunda no chão. O corpo gritou também e caiu para a frente, em cima de Charley, lutando para alcançar sua jugular. "*RAAAARRGH!*", uivou ele. "*Agora eu te peguei!*"

E rolou para o lado, gargalhando descontroladamente.

"*Quê?*", gritou Amy. Tentou de novo: "*Quê?*". Não melhorou nada. Ela havia perdido a voz, assim como a noção de onde estava; quase perdera a cabeça.

Mas Charley estava de pé, berrando: "Seu *babaca*! *Cretino do cacete!*" a plenos pulmões. E Eddy Abo ainda rolava de rir no chão, urrando e perdendo o fôlego. Foi quando Amy entendeu tudo.

Começou a rir.

"Não tem *a menor graça!*", rugiu Charley.

"Você... você tinha que ver *a sua cara!*", Eddy Abo mal conseguiu falar entre a torrente de *hi-his* e *ha-has*. "Foi... foi..." Não conseguiu continuar. As risadas eram demais.

Amy também não conseguia parar de rir. Foi uma reação descontrolada, ela sabia; não tinha tanto a ver com achar graça, mas sim com tentar aliviar o terror. Naquela hora, quase tinha molhado as calças; agora, liberava a emoção em risadas, aos soluços, como uma cafeteira passando o café aos poucos.

"Um dia você vai *se dar mal*, Ed!", rosnou Charley. Agarrou Amy bruscamente pelo ombro e a levou, ainda rindo, de volta à rua.

"HU HU!" Eddy vivia seu momento de glória. "HU HU! HU HU!" Era a coisa mais engraçada que já tinha visto, sem a menor dúvida. Queria gritar com eles, extrair todo o potencial cômico do momento. Não conseguiu. Já era demais.

Que trouxa!, sua mente uivava. *Que otário! Que palerma!* Os lados do corpo doíam de tanto rir. Lágrimas escorriam dos olhos. Era como sentir cócegas, doloroso e divertido ao mesmo tempo. Ele se pegou com vontade de parar, mas a imagem não o abandonava: o rosto de Charley, os olhos e a boca se escancarando de terror, mostrando os dentes...

Aos poucos, os dedos imateriais da alegria soltaram seu corpo. Voltou a respirar normalmente. "Hu hu", ofegou, com as últimas gotas de hilaridade se esvaindo. Apoiou-se nas mãos e nos joelhos, virando-se para a entrada do beco.

Estava vazio.

"Ah, tá bom", disse com um suspiro filosófico. "Não dá pra ganhar todas." Ergueu a manga direita do casaco para enxugar os olhos...

... e a mão fria o tocou com delicadeza no ombro.

"Que bom que está se divertindo", disse a voz atrás dele. Uma voz calorosa, melodiosa, transbordando um sarcasmo doce e doentio.

Ed se virou. Todo o humor vazou dele feito ketchup espremido de uma embalagem plástica. Ficou sem ar; olhou para cima.

Encontrou o rosto de Jerry Dandrige.

"Oi, Eddy", disse o vampiro. Seu sorriso expressava intimidade. "Que bom te ver. Como vão as coisas?" Moveu o cotovelo como se fosse cutucá-lo, de brincadeira, com um olhar malicioso.

Eddy Abo recuou feito um caranguejo, batendo na parede.

"Deixe disso. Não tenha medo", pediu o vampiro. "Tem medo de quê? Sinceramente, Não é tão ruim."

Eddy caiu, encolhendo-se. Aquilo não tinha graça. Não tinha graça *nenhuma*.

"Sei como é a sua situação", disse Dandrige. "Como é ser diferente. Sou diferente há muito tempo." Ele sorriu. Pela primeira vez, mostrou os dentes. Eram longos. *Muito* longos. "Sei como é ser incompreendido, isolado e tratado como inimigo."

O vampiro se abaixou, aproximando o rosto. Eddy Abo começou a choramingar; não conseguia parar.

"Mas agora vai ser diferente. Espere e verá. Eles não vão mais bater em você. Eu garanto. Nunca mais vão te maltratar sem sofrer as consequências."

Muito perto. Muito mesmo.

Dentes muito longos. Muito longos.

E muito... muito...

... afiados.

"Agora, diga adeus, Eddy", ronronou o vampiro. "Diga boa-noite. Quando acordar, vai estar em um lugar bem melhor. Prometo. Você vai adorar."

Era quase verdade.

Mas não exatamente.

17

Não houve grito, apenas um fraco estertor de morte que mal chegou à entrada do beco. A essa altura, Charley e Amy estavam a mais de duas quadras de distância. Os únicos sons que ouviram foram as pancadas em staccato de seus tênis no cimento e a própria respiração, cansada e áspera.

O fato alcançou Charley como uma ondulação em seu inconsciente. Não surgiu como palavras, nem como imagens; não desenhou um gráfico nem ofereceu explicação.

Não houve uma declaração específica de que Eddy Abo estava morrendo. Mas, no instante em que a luz se apagou dentro dos olhos de Ed, as ondulações começaram. Como uma pedra atirada no meio de uma lagoa inerte, o horror gerou onda após onda circular, abalando o remanso da mente de Charley. Ele não tinha como saber por que o pavor transbordou e tomou conta dele, deixando as axilas escorregadias e arrepiadas, transformando a espinha em uma coluna de gelo seco. Não sabia de onde vinha. Nem o que significava.

Sabia apenas que a Green Street não parecia mais nem um pouco segura. Cada esquina, cada porta, cada canto obscuro era um novo esconderijo para o horror; cada sombra era movediça e infestada de morte.

E também não é qualquer *morte*, pensou a mente dele, desvairada. *Não é só um caso de "deitar e dormir". É da* morte viva *que estamos falando. É aquilo que levanta para sugar a vida da sua família, amigos e vizinhos.*

Depois que ele se deixou levar, não foi muito difícil conjurar as imagens. Foi fácil imaginar sua mãe, doce e cabeça de vento, risonha e extasiada enquanto Jerry Dandrige abria dois buracos no pescoço dela e começava a se alimentar. Ou imaginá-la na noite seguinte, de olhos brilhantes e vermelhos enquanto lanchava sua parceira de bridge ao lado dos bolinhos de queijo, ensanguentados e esquecidos.

Foi igualmente fácil imaginar Amy naquela situação. Ou a si mesmo. *Ou Eddy Abo...*

"Amy?", começou a dizer, voltando-se para a garota sem parar de andar.

"Eu também", disse ela em voz baixa. Seus olhos disseram tudo o que ele precisava saber.

Começaram a andar mais depressa. Amy estendeu a mão direita por impulso, procurando a de Charley. Ele não a rejeitou. As duas mãos se agarraram, misturando o suor frio das palmas.

Agora Charley estava calculando os próximos passos, visualizando diversas tangentes. Uma parte da mente planejava a rota mais rápida até a casa de Amy. Outra planejava a rota mais complicada. Não estava nem um pouco interessado em levar Dandrige até o endereço dela. Por outro lado, não sabia aonde mais poderiam ir.

Teve cerca de quinze segundos para avaliar as opções.

Em seguida, todas as luzes na Green Street se apagaram.

Foi como se uma mortalha imensa e escura caísse em um raio de dez quarteirões. A luz de todos os postes estava apagada adiante e atrás, até onde a vista alcançava, assim como algumas janelas iluminadas que tinham visto no caminho. Não se apagaram em sequência, fazendo *clic, clic, clic* até um ponto distante no fim da rua. Sumiram todas ao mesmo tempo. Agora, apenas a luz da lua brilhava acima deles.

E o luar era frio.

De repente, Amy ofegou de susto e puxou a mão de Charley. Ele acompanhou o olhar dela até o alto de um prédio à esquerda. Uma faixa larga de luar se derramava nos dois andares superiores.

Uma sombra preta e monstruosa voou pelos tijolos iluminados.

E do alto veio o som de asas imensas e coriáceas em pleno voo...

"Vem!", gritou Charley, começando a correr. Amy o acompanhou, disparando assim que ouviu o comando. Nos primeiros vinte metros, estavam de mãos dadas, firmes; depois, separaram-se, balançando os braços enquanto empenhavam na fuga toda a velocidade e a força que tinham.

Viraram à esquerda na Rondo Hatton Road, dirigindo-se por instinto à parte da cidade onde acontecia a vida noturna. Havia um bar de rock chamado Bardo Lagarto, um estabelecimento de música country chamado Salão do Peão e a danceteria Rádio Clube. Os três lugares estavam praticamente a um pulo dali... ou estariam, se toda aquela apatia não tivesse estagnado na garganta de Charley.

Romero Drive, ele se pegou pensando. *Melhor, impossível. Vai ter gente. Vai ter luz.* Olhou de relance para Amy, sentiu que ela estava pensando a mesma coisa e começou a virar a cabeça para olhar adiante.

Foi quando avistou a causa do apagão.

As luzes também estavam apagadas na Rondo Hatton, tornando difícil ver a rua toda. Mas havia um poste logo à esquerda de Charley, com um quadro de distribuição instalado no lado. A frente do quadro fora arrancada das dobradiças; a massa eviscerada de cabos no interior pendia frouxa feito tripas retalhadas.

Ai, meu deus, gritou Charley em silêncio, pensando no poder necessário para arrancar uma porta de metal e destroçar uma rede de fios de alta voltagem. Era a mesma força que arrancara os pregos da janela do quarto.

A mesma força que ameaçava controlá-lo para sempre, se não tomasse uma atitude o quanto antes.

Dandrige não conhecia a cidade. Tinha se mudado havia pouco tempo. Foi a essa fé e a essa esperança que Charley se agarrou ao virar à direita na Wickerman Road, com Amy a acompanhá-lo. No final do quarteirão, a Romero Drive estava toda iluminada; o corte de energia não chegara tão longe. Ele quase conseguia sentir o cheiro da farra humana bebendo e passeando pelo centro em busca de ação.

Eles não sabem o que é ação, refletiu.

E foi nesse momento, claro, que Jerry Dandrige se materializou diante deles — na metade do quarteirão, no meio da rua.

"*Olá*, pombinhos!", bradou o vampiro, abrindo um sorriso amável. "Vamos *tomar* uma coisinha?"

Charley e Amy gritaram, parando. Tinham cruzado menos de três metros da Wickerman; recuperaram metade dessa distância dançando loucamente de ré, depois viraram-se e correram de volta à Rondo Hatton.

"Ai, merda! Ai, merda! Ai, merda!", choramingou Charley no ritmo dos passos. À frente deles, a Usher Falls Road parecia ainda mais hostil e agourenta do que a Green Street. As palavras *não quero morrer aí* tremeluziram em sua mente como letras na tela de um teleprompter hiperativo.

Ele estendeu a mão esquerda depressa, agarrando a manga da blusa de Amy. A garota ganiu como um cachorrinho com a cauda pisada, virando a cabeça para encará-lo, desvairada. *"Por aqui"*, sibilou ele, fazendo-a dar meia-volta. Ela lançou um olhar lento de incompreensão silenciosa, depois fez que sim e começou a correr com ele.

A Wickerman estava vazia quando voltaram a entrar nela. Continuou assim quando passaram pelo lugar onde Dandrige estivera. Enquanto corria, Charley não parava de olhar para o céu e para as sombras de ambos os lados.

Nada de Dandrige. Depois que percorreram dois terços do quarteirão, uma ondulação e uma rajada de movimento fez o coração deles quicar e pular feito uma bola na garganta: era um gato derrubando um jornal amassado. Agora, os sons do trânsito e de conversas em voz alta estavam próximos. Nada de Dandrige ainda.

Vamos conseguir!, celebrou Charley em silêncio. Pela primeira vez naquela noite, ele se deixou sorrir. A esquina estava a menos de cinco metros, distância que diminuía em um ritmo frenético. Na Romero, havia trânsito; Charley chegou perto o bastante para fazer contato visual com os adolescentes que passavam de carro, apoiados nas janelas, gritando e assobiando para as hordas na rua. A fumaça dos cigarros e escapamentos se misturava com outro aroma — mais nítido e doce — nas narinas dele.

"Conseguimos!", gritou Charley, virando-se para pôr a mão no ombro de Amy. Ela sorriu para ele, ofegando e exalando por entre os dentes, enquanto viraram a esquina juntos...

... trombando em um trio de valentões de jaqueta jeans desfiada. O líder, um loiro de topete, rosto estreito e pontudo, fumava um cigarro pendurado com a maior arrogância nos lábios. Quando Charlie colidiu com ele, o cigarro voou em uma espiral pelos ares e caiu na sarjeta, apagado.

"Se liga, seu babaca!", berrou o cara. Charley fez um gesto de desculpas e passou por ele, com Amy logo atrás. Os três valentões se viraram devagar para vê-los passar, discutindo se deveriam acabar com eles ou não.

Não tiveram chance de decidir.

Quando Charley e Amy se viraram, Jerry Dandrige estava lá, meio metro à frente deles, apoiado à porta de vidro de um escritório. Ele reagiu com uma alegria indisfarçada à expressão paralisada de terror dos dois.

"Tomara que vocês estejam se divertindo", começou a dizer. "Senão, isso tudo seria pura perda de tempo..."

Não esperaram para ouvi-lo terminar de se gabar; deram um pulo para trás como se tivessem sido picados por abelhas, viraram-se e correram pela Romero na direção contrária. Ao cruzarem com a Wickerman, quase esbarraram nos valentões outra vez. O som dos berros deles foi afogado pelos gritos de terror dentro da mente de Charley e Amy.

A Rádio Clube ficava na esquina logo adiante. A fila na porta era pequena, só três ou quatro pessoas, mas um grupo com mais de dez se aproximava depressa. Charley e Amy agarraram a mão um do outro enquanto corriam em direção à porta.

Por favor, Deus, faz deixarem a gente entrar, a mente dele gritou. *Por favor, Deus, deixa a gente alcançar a porta.* Olhou para trás e viu que Dandrige chegava em um passo lento, seguro de que o abate estava garantido. Por um momento, Amy teve que arrastar Charley quando uma tonelada sombria de desespero se alojou nos ombros dele como uma pedra.

Logo estavam correndo de novo, agora com Amy adiante. Com três metros de folga, passaram na frente da multidão assim que a última pessoa na fila deu cinco dólares para o segurança na porta. Charley percebeu que não tinha dinheiro *nenhum*: havia gastado seus últimos dólares em crucifixos de plástico. "Ai, meu Deus...", começou a gemer.

Amy deu uma cotovelada nele, astuta. Ele ergueu o olhar, encolhido, e sorriu quando ela enfiou uma nota de dez na mão direita dele. O segurança olhou para eles. Charley entregou-lhe o dinheiro. O grupo de doze pessoas se enfileirou atrás deles.

"Obrigado", disse Charley. Olhou para trás de novo. Agora, Dandrige estava perto, passando à frente das últimas três pessoas na fila. O vampiro parecia levemente irritado; a alegria sinistra fora substituída por uma determinação ainda mais funesta. Charley desviou o olhar, engolindo em seco dolorosamente, e seguiu Amy.

Deram quatro passos cada um.

Então, uma enorme mão se fechou no ombro de Charley, apertando-o com força. Ele precisou de toda a sua determinação para impedir que os intestinos descarregassem tudo o que tinham. Só em outra ocasião tivera tanta certeza da morte: na noite anterior, à janela. A segunda vez não foi mais fácil de encarar.

Mas, quando uma voz retumbou atrás dele, não era a que esperava, e, em vez de avisar que não adiantava fugir, ela disse:

"Espera aí, mocinho. Cadê seu documento?".

O segurança era um homem negro e enorme com um bigode igual ao de Fu Manchu, cabeça rapada e braços do tamanho de troncos de bordo com dez anos de idade nas melhores condições de crescimento. À primeira vista, parecia gordo. Na verdade, seus mais de 1,80 de altura eram recheados de músculos mais que imponentes.

Em circunstâncias normais, Charley teria ficado branco feito leite só de o segurança olhar feio para ele. Aquelas, no entanto, não eram circunstâncias normais. Comparado a Dandrige, o segurança parecia Gary Coleman fazendo o papel de Mr. T.

E Dandrige estava chegando, devagar, mas firme. Charley quase conseguia ouvir a voz do vampiro em sua mente, dizendo: *Estou ficando de saco cheio, Charley. Você vai desejar ter desistido.* Não era verdade, mas não importava: o rosto do vampiro dizia tudo.

"Tá me ouvindo?", perguntou o segurança, dando um chacoalhão vigoroso no ombro de Charley.

"Hã-mm-hã", disse Charley. Não conseguia articular a resposta padrão dos menores de 18 anos: *"Tenho 18, sério! É que esqueci a carteira em casa. Tenho carteira de habilitação, certificado de alistamento...* Não conseguia pronunciar o próprio nome.

Agora Dandrige estava bem visível, a menos de um metro da porta. Alguém estava reclamando porque ele havia furado a fila: um homem gordo sem a menor chance de representar ameaça para o vampiro. "Entra na fila, ô babaca!", gritou ele, pegando o ombro de Dandrige com a mão rechonchuda.

Charley viu o vampiro se virar. Meio que esperava uma chuva de sangue e tripas, como se o homem fosse jogado em um liquidificador. Em vez disso, o sujeito se limitou a cambalear para trás, como se tivesse encarado o abismo do inferno... o que, de certa forma, fizera mesmo. Tudo isso levou menos que cinco segundos.

E, no último instante possível, Charley tomou uma decisão.

"Corre!", berrou, arrastando Amy pela mão. Ficara parada ali, em silêncio, tão confusa quanto Charley tentando planejar o próximo passo. Então ela o acompanhou quando ele se livrou da mão do segurança e correu, não para dentro da boate, mas para longe dela.

"Ei!", gritou o segurança. "E o seu dinheiro?"

"Que se foda!", berrou Charley em resposta, completamente sincero. Estava virando a esquina com Amy a reboque. Atrás dele, Dandrige começava a abrir caminho à força na multidão.

Ouviu-se uma colisão repentina de metal com metal. Charley avistou um sujeito com uniforme branco de cozinha botando lixo em uma das várias latas sujas. Por um instante, Charley relembrou Eddy Abo e o beco.

A menos de dois metros, a porta da cozinha estava aberta. Charley e Amy entraram por ela antes que o lavador de pratos tivesse tempo de mijar ou dizer "oi", muito menos de vê-los passar.

O cozinheiro foi mais rápido. Tirou os olhos da alface e começou a gritar, brandindo um cutelo loucamente no ar. "Ô, vocês não podem entrar aí! Parem!"

"Desculpa!", gritou Amy para ele. Charley não disse nada. Empurraram a porta que levava para dentro da boate, entraram...

... e foram atacados na mesma hora pelas luzes estroboscópicas, batidas pulsantes e clientela rodopiante da Rádio Clube.

A pista de dança era enorme e estava lotada. Mauricinhos e moderninhos da geração MTV se misturavam e se mesclavam, aproximando e afastando o corpo uns dos outros ao ritmo de "Thriller", de Michael Jackson. Nas quatro telas de TV imensas que cercavam a pista, corpos em decomposição surgiam da terra, narrados por Vincent Price com uma voz de deixar Peter Vincent verde de inveja.

Por algum motivo, Charley não gostou nada daquilo. Quanto mais avançava pela pista, mais a situação parecia um pesadelo surrealista. No momento, aqueles cadáveres animados não tinham a menor graça; afinal, um deles o estava perseguindo e isso não era nem um pouco divertido.

À esquerda, do outro lado do salão, o clarão das luzes ofuscava uma pequena placa de plástico. Mesmo assim, ele foi naquela direção, seguindo um palpite, com Amy firme a seu lado.

Tal como tinha imaginado, havia um corredor atrás da placa. E — mais um acerto — levava aos banheiros e a uma série de telefones públicos. "Beleza!", gritou Charley, quase inaudível por baixo da barulheira das caixas de som. "Vem!"

Perto dos telefones estava melhor. Ele conseguia ouvir os próprios pensamentos com muita nitidez, e, quando Amy chamou seu nome, o som atravessou o barulho admiravelmente.

"Que foi?", perguntou ele, levando o telefone mais próximo à orelha. Encontrou uma moeda no bolso e a inseriu no aparelho.

"Você tinha razão sobre a água benta", comentou ela com dificuldade. "Era falsa."

"Eu sei." Estava discando um número.

"Eu queria ter acreditado em você."

"Eu também." Ele se virou para ela e deu de ombros, resignado. "Mas a culpa não é sua."

O telefone tocou. Amy baixou a cabeça, parecendo envergonhada. O telefone tocou de novo. Charley se voltou para o aparelho, olhando em silêncio para a samambaia de plástico ridícula em um vaso à porta do banheiro masculino e o papel de parede listrado, cafona.

Ao terceiro toque, atenderam.

"Alô? Por favor, quero falar com o tenente Lennox", disse ele. "É uma emergência."

18

Peter Vincent estava em seu apartamento, na escuridão completa, com medo de se mexer. A porta estava trancada com todas as fechaduras, travas e barras disponíveis; havia panelas com água na frente de cada janela e cruzes de diversas formas e tamanhos por toda parte, ao alcance da mão.

Tudo isso mal servia de consolo para o grande caçador de vampiros, que, sentado em sua poltrona preferida, mastigava dentes de alho como se fossem pastilhas de hortelã, sofrendo uma grave crise de identidade.

Sua esperança era acordar e descobrir que tudo aquilo fora apenas um surto psicótico.

Não teve sorte.

A batida na porta soou terrivelmente alta, estilhaçando o silêncio da sala e o que lhe restava da coragem, já em frangalhos. O coração quase parou, como se avaliasse a sensatez de continuar batendo. Ele engoliu em seco, lutando contra o impulso de rastejar para debaixo da cama e tampar os ouvidos com as mãos. Foram necessários vários segundos e uma quantidade razoável de força de vontade para responder:

"Quem é?".

A resposta foi abafada, furtiva. "Abre, sr. Vincent. Sou eu, o Eddy."

Peter não se mexeu. Não falou. Nem pensou. Sua mente era uma roda de carroça em chamas rolando ladeira abaixo.

Do lado de fora, Eddy Abo esperou, cada vez mais ansioso. Puxou a gola da jaqueta aviador para cima, cobrindo as mordidas. *É melhor abrir logo essa porta, sua besta*, pensou. *Estou morrendo de fome.* Abriu um sorriso horroroso e tentou fazer uma voz desamparada.

"*Por favoooor*, sr. Vincent, me deixa entrar."

Peter Vincent agarrou sua cruz como se fosse uma linha direta com a salvação. Havia algo muito estranho na voz do garoto, arrepiante. Gerou uma sensação incômoda no estômago de Peter. Ele endireitou a coluna e tentou falar em uma voz autoritária. Não foi fácil.

"S-sim, Edward. O que foi?"

"Por favor, sr. Vincent, tem um *vampiro* aqui fora. O senhor tem que me deixar entrar." *Ah, que graça*, pensou, lembrando-se de repente da piada que pretendera fazer com Amy. Era aquela em que Tonto e o Cavaleiro Solitário ficavam cercados por milhares de indígenas aos gritos. *"Bom, Tonto", diz o Cavaleiro Solitário...*

A porta se abriu de repente. Peter Vincent o chamou para dentro com os olhos cravados na escadaria do prédio, temendo um ataque repentino. Eddy entrou de ombros encurvados. Peter fechou a porta e a trancou por completo. Quando a última tranca se fechou, ele deu um suspiro de alívio e se voltou para o visitante.

"Bem, Eddy", disse então. "O que nós vamos fazer?"

Eddy se voltou para ele com um sorriso e, imitando a voz de Tonto, respondeu: "Nós, quem, cara-pálida?".

Peter era o alvo da piada. Arregalou os olhos, boquiaberto e pálido feito um bacalhau, para o horror empertigado à sua frente.

"Gostou? É um novo conceito de moda." Ed deu alguns passos delicados adiante, com as mãos na cintura. Agora, a jaqueta estava aberta, revelando a pele enrugada em volta das feridas e a camiseta ensopada de sangue. Não fora um abate limpo. Seus olhos piscaram, cataratas luminosas e arregaladas.

Eddy Abo avançou, ainda sorridente. Seus dentes se projetaram como os de um roedor carnívoro e medonho. Ficaram muito longos em pouquíssimo tempo.

Os olhos de Peter se arregalaram ainda mais. A parte de sua mente que não estava ocupada gritando se admirou com aquela nova informação vampiresca.

Eddy Abo inclinou a cabeça, adivinhando os pensamentos de Peter. "Bela transformação, né? Aposto que você não sabia que alguém podia mudar tão depressa. Pois é, pois é... Aposto que tem *muitas* coisas que você não sabe." Cruzou a distância entre os dois devagar, implacável. "Mas está prestes a descobrir."

Peter se virou, com o coração martelando no peito, e remexeu freneticamente nas trancas. A cruz estava pendurada em uma das mãos, tão ameaçadora quanto um frango de borracha, servindo apenas para retardar a fuga.

Eddy parou a fim de saborear o espetáculo do grande caçador de vampiros arranhando a porta. Era demais. Ele irrompeu em uma gargalhada rouca, com saliva voando dos cantos da boca. "UUUU! UUUU! Peter Vincent ao resgate! Estou *perdiiiidooooo*!" Sacudiu os punhos em uma paródia grotesca de terror. "Me *salve*, Peter! Me *salve*! UUUU! UUUU!"

As palavras feriram Peter profundamente. Uma vida inteira de fantasia se convertera em realidade bem ali, naquela sala, e ele não era digno dela. Sabia disso. Eddy Abo também sabia.

Deus sabia.

"Eu te admirava, sabe?", disse Ed com desprezo. "Claro que isso foi antes de eu descobrir como você é um palerma."

Ele saltou, pousando em cheio nas costas de Peter Vincent, agarrando o rosto dele com as mãos — tentando encontrar os olhos e expor a garganta para o abate. O ator idoso gritou de pavor e se virou de uma vez, batendo Ed na porta. Eddy esperneou e se debateu, estabanado, agarrando Peter pela lapela e inclinando-se por cima do ombro dele. O hálito do vampiro era fétido e frio, os dentes apertaram a pele macia. Um som inumano, entre um rosnado e um lamento, invadiu os ouvidos de Peter. Ele entrou em pânico.

E, involuntariamente, apertou a cruz com força no rosto de Eddy.

Foi um ato de reflexo. Peter fizera isso dezenas de vezes, em dezenas de filmes. Em seguida havia sempre uma sequência de efeitos especiais, uma multidão de técnicos, tubos e apetrechos de látex.

O cheiro acre que se seguiu, porém, foi real demais. Uma fumaça envolveu a cruz, acompanhada de um chiado crepitante, como o de carne queimada. Eddy gritou como um bebê apunhalado e caiu no chão, com as mãos cobrindo a testa. A voz que passou por entre seus dedos foi comovente. *"O que você fez comigo?"*, chorou, e uma onda insana de remorso invadiu Peter.

De repente, o choro parou. Eddy Abo abriu os olhos, fixando um olhar acusador em Peter. Tateou a ferida de leve com a ponta dos dedos e percebeu, com um horror crescente, a forma da marca.

A forma de uma cruz.

"Não...", gemeu ele. "*Nãããoo...*" Levantou-se com um salto e correu até o espelho, com medo do que veria.

Não viu nada. Não havia reflexo.

"Seu desgraçado", sibilou. "Eu te mato..." Virou-se, ameaçador.

Peter ergueu a cruz no estilo consagrado pelo tempo. "Para trás!", disse ele.

Eddy parou de repente. Encolheu-se, incapaz de encarar a cruz. "Merda", resmungou. A visão da cruz, mesmo na escuridão da sala, provocava nele uma náusea incompreensível. Tentou contorná-la, mas Peter entrou depressa e por completo em modo caça-vampiro.

"*Para trás*, cria maldita do inferno!", gritou o ator, empunhando a cruz com o braço esticado à frente enquanto avançava. "Eu disse *para trás!*"

Eddy daria risada, se aquilo não doesse tanto. Era ridículo. Aquele cara era um palhaço, era *A Hora do Espanto* encarnado.

Mesmo assim, Eddy recuou.

Aquilo não era nada bom. A mesa tinha virado depressa demais, e ele corria o risco de ficar encurralado. Olhou ao redor. Viu cruzes por toda parte, bloqueando o caminho. Só havia uma alternativa razoavelmente clara à disposição.

A janela.

Peter ficou olhando, pasmo de choque e horror, enquanto Eddy rosnava como um animal acuado e se jogava de cabeça na janela. A vidraça explodiu, espalhando fragmentos de vidro e madeira pela rua.

Três andares abaixo.

Peter olhou para o buraco escancarado onde antes ficava a janela. As cortinas de chita esvoaçavam no ar da noite, inofensivas. Na rua lá embaixo, silêncio. Nenhum grito. Nem sirenes.

Só quietude.

Como se a noite o tivesse engolido.

Peter correu até a janela, pondo a cabeça para fora com cuidado. A rua estava vazia. Se alguém tinha ouvido alguma coisa, guardou para si.

Ele se afastou da janela. Um retrato de Bela Lugosi com traje de gala e em tamanho real, muito antes da época de decadência, assomava diante dele.

Lugosi tinha sido um grande amigo. O maior vampiro e o melhor caçador de vampiros. Aquele quadro fora um presente. Deveria ser o destaque da sala. *Sangue, sangue, eu quero beber seu sangue...*

Peter sentiu-se velho e esgotado. A cruz ainda estava em sua mão, com um pouco de gosma em um dos lados.

Sangue...

Eddy mancou pela calçada em volta da Badham Boulevard, sentindo muita dor. Um suor fétido reluzia em sua testa, do tipo que se encontra na carne deixada ao ar livre por muito tempo. A marca na cabeça estava ficando pegajosa e coagulada, com estilhaços de vidro e fragmentos de folhas colados a ela. *Tá doendo, tá doendo, ai, meu Deus...* A palavra *Deus* deixou uma sensação de papel alumínio mastigado em sua boca. Precisava de ajuda, e logo.

Isso não tá dando certo, pensou. *Nada foi como ele prometeu.*

O Cherokee preto parou na esquina e Eddy cambaleou na direção dele como se fossem os portões de Valhalla. Billy saiu do jipe, deixando o motor ligado. Olhou para Eddy com desprezo e, quem sabe, um leve sinal de pena. "O que aconteceu com você?"

Eddy Abo parou diante dele, respirando com dificuldade.

"Ele... tinha uma cruz. Ele me bateu..."

Billy o agarrou com um gesto brusco. "Deu para perceber. Você o matou?"

Eddy balançou a cabeça, negando lastimavelmente. Billy bufou, sarcástico, agarrando o vampirinho pela gola da jaqueta e encarando-o de perto. "Agora, meu amigo", sussurrou ele, "você tá *ferrado*." E o jogou dentro do jipe.

Eddy caiu no banco com tanta força que quase entortou as barras de suspensão. Billy sentou-se no banco do motorista, trocou a marcha e fez o jipe disparar pela noite, rugindo.

19

Dandrige já sabia que Eddy havia falhado. Ninguém vive tantas centenas de anos sem aprender um ou dois truques. Ele sentiu o fato assim que entrou na Rádio Clube. Peter Vincent continuava vivo; portanto, continuava disponível para brincar.

Tudo bem, pensou o vampiro, juntando as mãos de aparência frágil. *É uma chance única na vida. Foi tolice minha abrir mão dela.*

Queria olhar nos olhos de Peter Vincent quando o grande caçador de vampiros cedesse à fome eterna. Queria assistir à transição. Deixar Eddy Abo cuidar disso bastaria, de certa forma — ele gostava do aspecto da horda que estava recrutando —, mas renunciar à chance de matar Peter Vincent era como recusar a oportunidade de conhecer o próprio Demônio: não acontecia com frequência e não seria menos que memorável.

Portanto, esperaria. Faria algumas manobras. Por enquanto, precisava tratar do bobalhão e da virgem. Já o haviam feito perder tempo demais em jogos que ele não planejara.

Agora, jogariam segundo as regras *dele*.

Seu plano era saborear cada momento.

Ao extremo.

A multidão na Rádio Clube transbordava vida. Centenas de corpos ocupavam a pista de dança, desfilando e requebrando àquele ritmo primitivo. Na opinião de Jerry, era maravilhoso. Adorava sinceramente ver as pessoas se divertindo.

Tornava-as muito mais fáceis de odiar.

Havia *quanto tempo* não andava entre os homens comuns sem ser um forasteiro? *Quanto tempo* desde a última vez que sentira camaradagem pela raça humana? *Quanto tempo* desde seu último vislumbre do sol? Após mais de quatro séculos, as perguntas permaneciam. Assim como os anseios. Tornaram-se a pior parte da maldição, a fonte dos únicos pesadelos que lhe restavam.

Morrer — morrer de verdade, para todo o sempre — era algo que pedia em suas preces. Matar era algo que aprendera a amar. O único horror verdadeiro jazia na memória: horror de tudo o que perdera, da pouca humanidade que lhe restava.

Pensar nisso o enfurecia. Fazia-o *sofrer*. Acima de tudo, fazia-o querer encontrar o pequeno Charley Brewster e a namoradinha: dissipar a perturbação em volta de seu curioso e novo lar, incubando sua praga de crias da noite sem os olhos do público sobre ele.

Deslizou pela pista de dança, separando as ondas de movimento como um tubarão. Seus olhos escuros foram de rosto em rosto, procurando. Não encontraram nada.

Aqueles que buscava não estavam dançando, o que já era de se esperar.

Mas estão aqui dentro, pensou. *Ah, estão, Sim.*

E, antes que a noite termine, serão meus.

Os policiais foram receptivos, como sempre. Receptivos à ideia de pôr Charley em uma boa cela acolchoada. O tenente Lennox deixara um aviso na recepção da delegacia, e desse ponto Charley não passou. O sargento que atendeu o telefone o advertiu sobre os prazeres da clorpromazina e da eletroconvulsoterapia.

O que lhe restou, mais uma vez, foi o maravilhoso Peter Vincent. O que lhe restou, mais uma vez, foi ficar com o telefone apoiado na orelha enquanto cada toque inútil o lembrava do quanto a situação era desesperadora.

Amy estava ao lado daquela porcaria de samambaia de plástico, atenta a qualquer sinal de Dandrige. Esta era a parte mais assustadora do fato de estarem naquele pequeno beco sem saída: a não ser pelos banheiros, não havia para onde correr. Ficou grato por Amy estar de vigia. Isso o deixava se concentrar em surtar porque o telefone tocava sem resposta.

"Atende, saco. Atende", rosnou, dando as costas a Amy e ao corredor.

Quando o monstro os encontrou, ele nem percebeu.

Amy avistou primeiro o perfil do vampiro, circulando entre a multidão. Era magnífico, representando da cabeça aos pés a visão divina que ele pretendia ser. Ela se pegou admirando-o, ao mesmo tempo que seu corpo se arrepiava de medo.

Ai, meu Deus, pensou sem querer. *Como é que ele pode ser tão lindo e tão monstruoso ao mesmo tempo?*

E esse, claro, foi o momento em que ele se virou e cravou os olhos nela.

Levou menos de um segundo. Tubos de vácuo sobrenaturais ligaram-se à vontade dela e começaram a sugar, drenando-a bem ali onde estava. Dar as costas, tirar Charley do telefone, desenhar uma cruz com batom vermelho-vivo no pescoço e na testa: todas as opções de Amy se esvaíram à luz dos olhos de Jerry Dandrige.

Demorou menos de um segundo de consciência plena e desamparo absoluto (*Venha cá, você é linda, esta noite quero você...*) para que ela começasse a caminhar na direção dele.

O telefone parou de tocar. Um instante de silêncio. Charley se agarrou desesperadamente a ele.

"Alô?", disse uma voz trêmula do outro lado da linha.

"Sr. Vincent, por favor, aqui é o Charley Brewster, o senhor tem que me ouvir." Uma enxurrada de palavras, sem pausa para respirar. "Estamos presos em uma boate, o senhor tem que vir nos ajudar."

"Lamento." Peter Vincent, aterrorizado. "Não posso."

"Como *assim*, não pode?"

"Charley, por favor. Você precisa entender. Agora, seu amigo Eddy é um deles. Ele acabou de me atacar..."

"Ai meu Deus." Um sentimento de queda, a tonelada sombria de desespero se repetindo. *Eddy.* O beco. A voz ao telefone.

"... poucos minutos atrás. Quase me matou. Se eu tentar sair, ele vai..."

"Se o senhor não sair, ele vai matar *a gente*!" Um grito, atravessando a barulheira distante da pista de dança. "Amy também está aqui, ai meu Deus, sei que ele quer ela..."

Lágrimas, ameaçando se derramarem. Silêncio do outro lado da linha.

Em seguida, um clique.

E o tom de discagem.

... E ela se deixou envolver nos braços dele, a música retumbando nas paredes enquanto pulsava no sistema nervoso dela, estimulando-a a fazer movimentos perfeitamente sincronizados com os dele...

... enquanto Dandrige a abraçava com firmeza, as mãos brincando de leve nas costas dela, no cabelo, a sensação era incrível, a entrega total, o calor úmido na calcinha e o coração atestando que ela o desejava, desejava muito, não importava quem fosse nem o que quisesse fazer...

Foi muito fácil. Fácil *demais*, como sempre era. Ele só precisava *querer*, e elas lhe pertenciam. O único desafio era a caçada em si. A única variação era o cenário.

E o gosto da pele e do sangue de cada uma, refletiu ele. *Não se esqueça disso.* No decorrer dos séculos, tornara-se um distinto *connoisseur* em seu meio. Bastava-lhe um gole para determinar a genealogia de uma vítima até cinco gerações antes, identificando as menores sutilezas na dieta, a saúde relativa e as possíveis doenças. Fora o primeiro a alegar em público (na comunidade vampiresca) que os aditivos químicos aumentavam o valor nutricional do sangue para os mortos-vivos: aquelas substâncias continham algo de fundamentalmente *insalubre* que fazia muito bem aos vampiros. Desde então, só os mais nostálgicos se esforçavam para beber de fanáticos por alimentação saudável.

Aliada ao seu talento na sedução (que era de nível elevado naquele campo extremamente competitivo), a sensibilidade apurada de Jerry Dandrige o tornava popular aonde quer que fosse. Sua aclamação lhe conferia um alto grau de independência. Enquanto a maioria dos vampiros preferia ficar em casa, mantendo a discrição que tal sociedade ditava, Jerry tinha liberdade para perambular e explorar de maneira quase inédita: era visto, acima de tudo, como um aventureiro. Suas façanhas eram lendárias, mesmo entre aquela espécie já lendária.

E aqui estou, pensou, sarcástico, *entrando no ritmo das coisas na casa noturna mais famosa de Rancho Corvallis.* Era como se misturar à ralé. Muito parecido mesmo. Se não gostasse tanto do sabor local...

Agora a garota estava se esfregando nele. Isso o levou de volta ao momento presente, à fome contida em seu corpo. Os olhos dela se reviravam em uma espécie de êxtase, os movimentos ondulantes sugerindo o mesmo. Era uma reação que ele sempre saboreava.

Everybody needs a little lovin', uma voz em sua mente começou a cantarolar...

"Filho da puta!", berrou Charley, agarrando o ombro de Amy e puxando-a para trás. Dandrige ergueu o olhar, surpreso, e seus olhos começaram a brilhar, vermelhos.

Charley os localizara na multidão, que tinha se aberto um pouco ao redor deles sem saber por quê. No caminho, havia esbarrado em todo tipo de pessoa esquisita que estava por ali, de viciados em cocaína a sexagenários com tesão. A clientela da boate era uma salada de tipos para os quais nenhum limite era sagrado. *Até os vampiros são bem-vindos*, ele se pegou pensando loucamente.

Em seguida avistou os dois — Dandrige no controle, Amy se esfregando nele feito uma poodle no cio — e o mundo se tingiu de vermelho-vivo. O diálogo interior de Charley se reduziu àquela designação universal que ele repetiu ao tentar desferir um soco contra a cara do vampiro. "Filho da puta!"

Mais veloz que o pensamento, o vampiro estendeu a mão, agarrando o punho de Charley no meio do ato. A dor inundou o pulso, o antebraço e toda a rede de nervos que levava até a espinha.

"Você não deveria perder as estribeiras", disse Dandrige, repreendendo-o com um sorriso. "É falta de educação, sabia?"

O vampiro apertou com mais força, puxando-o para si. A dor ficou insuportável. Charley se curvou e caiu de joelhos, choramingando. "Você não pode me matar aqui", conseguiu dizer.

"Mas *não quero* matá-lo aqui!", exclamou Dandrige. "Minha ideia era recebê-lo na minha casa. Com Peter Vincent, se não for muito incômodo. Com vocês três...", e se esfregou com um movimento longo e teatral no corpo de Amy, que ainda rebolava, "... tenho certeza de que vou me divertir horrores."

O vampiro armou um sorriso perverso, apertando ainda mais o punho de Charley. "Então, se quiser vê-la com vida, compareça.". Charley poderia jurar que ouviu o som de suas juntas se rompendo, mas era difícil ter certeza em meio à batida sismográfica da música. Deu um grito quase inaudível. Lágrimas escorreram de seus olhos.

"Depende de você, Charley", concluiu o vampiro. "A sorte não está ao seu lado, mas pode pelo menos tentar. Se eu fosse você, aceitaria o convite."

A pressão cedeu e Charley desmoronou na pista de dança. Dandrige deu uma gargalhada breve e se virou, levando Amy consigo enquanto se dirigia à porta.

Desgraçado!, pensou Charley, mas sentia tanta dor que não conseguiu articular a palavra. Nas telas de vídeo que o cercavam, uma mulher-lobo dançava pela floresta enquanto os rapazes do Duran Duran informaram estar com uma fome de lobo. Centenas de panacas rebolavam e se sacudiam enquanto a mão dele sofria mil agonias, sem saberem do pesadelo que se desenrolava ao redor deles.

Desgraçado!, pensou de novo, e correu atrás dele, ignorando a dor sem esquecê-la. Em um tom mais baixo, as palavras *Amy, eu te amo, não vou deixar ele te machucar* soavam nas entrelinhas da raiva.

Então, aquela mão enorme se fechou no ombro dele outra vez.

"*Achei* você, maninho!", disse o segurança em um tom descontraído. "Tava só *imaginando* quando você ia aparecer!" A zombaria estampava toda a expressão dele. Da misericórdia, nem sinal. "Cadê sua namoradinha?"

"É ela que eu tô tentando *encontrar*!", gritou Charley. "Me solta!"

"Não vem com lero-lero pra cima de mim, moleque", avisou o segurança. "Eu quebro a sua cara."

"Mas...", Charley começou a responder em voz alta quando os avistou: estavam no limite da pista de dança, a poucos metros da porta. "Olha ela lá!", berrou, apontando como louco.

O segurança deu um resmungo e fez que sim. Atravessou a multidão feito uma locomotiva colossal, arrastando Charley atrás dele. Um segundo segurança, mais baixo e magro, mas igualmente negro e careca, fez sinal de positivo para eles e foi bloquear a saída.

Os dois seguranças eram extremamente autoconfiantes, à beira da prepotência. Charley ficou pensando, por menos de um segundo, por que aquilo não aliviava seu medo.

O que se seguiu foi brutal.

"Licença, meu chapa", disse o segurança magrinho. Tinha se afastado da porta e caminhado pela multidão até alcançá-los. "Acho que preciso trocar umas palavrinhas com a sua namorada."

"Não", respondeu Jerry Dandrige. Estava sem paciência para brincar. Ser detido não fazia parte do seu roteiro. Aquilo o irritou. Era o tipo de ninharia enervante que o fazia ter saudades de sua casa na Transilvânia, onde os fornecedores eliminavam a parte incômoda das refeições.

"Não tem discussão", insistiu o segurança. "Hoje o Departamento de Controle de Bebidas Alcoólicas tá xeretando aqui. Se você quer pegar umas gatas, fica aí bem comportadinho e espera a gente acabar ou vai lá pra Elvira Boul..."

O segurança não conseguiu terminar de dar as dicas. Jerry Dandrige estava farto.

Começou a se transformar.

Primeiro, os olhos: felinos, com pupilas em fenda e completamente inumanos. Depois, a primeira protusão das presas, contorcendo o lábio superior enquanto o maxilar inferior crescia e se projetava. A pele ficou cinzenta e reptiliana. O cabelo rareou, ficando oleoso e grisalho.

Ergueu a mão direita até o rosto do segurança para garantir que o homem veria o que estava acontecendo. Não haveria como não notar as garras que brotaram da ponta dos dedos estendidos, reluzentes e afiadas como navalhas.

Seria impossível não perceber os últimos segundos da própria vida.

O vampiro então avançou e suas garras abriram quatro rasgos na garganta do segurança. A artéria carótida estourou em um grande gêiser de sangue. Espalhou pinceladas largas de grafitti rubro em meia dúzia de pessoas, entrou nos olhos de um casal que dançava e salpicou cada drinque em um raio de dois metros.

O efeito foi um sucesso arrebatador. Os gritos irromperam em um uníssono perfeito com o primeiro lamento de dor da garota no clipe do Duran Duran. Os sentidos dele, aguçados pelo aroma inebriante do sangue no ar, captaram tudo em Sensurround. Aliado às luzes piscantes, o simples fato de que, para variar, ele tinha uma plateia tornou aquela uma das mortes mais divertidas que ele infligira nos últimos tempos.

O morto ainda gorgolejava quando desabou no chão. A multidão estava se abrindo ao redor dele, ainda atordoada demais para se retirar em massa. Dali saiu outro homem negro, muito maior do que o primeiro. Jerry notou, satisfeito, que Charley estava ao lado do homem, com um ar ligeiramente nauseado.

Preste atenção, garoto, pensou o vampiro. Sentiu as palavras impactarem a mente de Charley, viu a confusão e o terror. *Sua morte não vai ser tão bonita assim.*

O segundo segurança surgiu diante dele, alto e imponente. Não importava. *Quanto maior a altura...*, pensou distraído, empurrando Amy com delicadeza para o lado e erguendo a mão direita de novo.

Mais uma vez, atingiu o segurança na garganta. Dessa vez, porém, as garras não rasgaram: perfuraram. O rosto enorme do homem inchou de dor e descrença. Abriu a boca como em um bocejo, oval e cheio de dentes brancos.

E o belo vermelho começou a fluir.

"Que lindo", murmurou Jerry, apenas para si mesmo. Todas as outras pessoas estavam ocupadas demais gritando ou morrendo. Gostava das perfurações no pescoço do homem, onde as cinco garras tinham se gravado profundamente. Gostava da forma como vazavam bem devagar.

Sem pressa, começou a erguer a mão. Mais de 90 quilos de carcaça se elevaram, debatendo-se sem forças, a três centímetros do chão. Cinco centímetros. E mais. Quando o homem já estava a quase meio metro no ar, Jerry o arremessou com um gesto displicente no meio da pista de dança.

Ninguém dançava.

Não mais.

... E agora os gritos estavam por toda parte, um furacão uivante que estilhaçava os pensamentos dela e fazia os fragmentos cortantes dispararem por sua mente. Palavras como ai meu Deus, Charley se juntavam a socorro e então morrer é assim, uma salada subsônica que se afogava em meio à gritaria, mas, por estranho que pareça, tudo bem, pois ela também estava gritando...

... e alguém a pegou pelo braço, e ela gritou um pouco mais até perceber que era Charley, era Charley, e a boca dele se movimentava, mas ela não conseguia entender nem uma palavra do que ele dizia, não conseguia ouvi-lo, estava ocupada demais gritando, gritando e...

... e em seguida estavam correndo, todo mundo correndo, o mundo se tornara um hospício berrante de movimentos caóticos, onda após onda de carne apavorada empurrando-a por trás, apertando-a contra Charley, empurrando-os adiante e noite adentro...

Charley ouviu alguma coisa assobiar por uma fração de segundo perto de sua têmpora. Em seguida, sentiu o golpe, e o mundo ficou eletrificado de dor, incandescente e ofuscante. Sentiu sua mão se soltar do braço de Amy, sentiu-se começando a desmoronar.

A primeira onda de pessoas em fuga colidiu com ele por trás. Charley caiu como uma pedra, e começaram a se empilhar em cima dele. Ao recuperar os sentidos, percebeu um par se seios enormes emperrado contra sua nuca. Aquilo não o animou.

"Aaaai!", gritou. "Saiam de cima de mim! Ai!" O peso era esmagador; pior que isso, era imobilizante. Acima dele, a pilha de gente começava a subir e crescer, alcançando proporções perigosas. Charley teve um vislumbre nítido de como seria ser pisoteado até a morte. Começou a rastejar dolorosamente em direção ao meio-fio.

A mulher caiu de suas costas para as pernas. Ele se encolheu, soltando um guincho de angústia. Percorreu a rua que estava diante dele com o olhar.

O jipe preto estava lá. A porta traseira estava se fechando. Jerry Dandrige estava ao lado do carro, abrindo um sorriso caloroso para ele. Pela janela de trás, pôde ver a nuca de Amy.

Assim como o rosto de Eddy Abo, cujo nome não era mais uma piada. O ex-melhor amigo olhou com malícia para Charley enquanto Dandrige ocupava o banco do passageiro e o jipe saía queimando a borracha.

"Não!", gritou Charley, finalmente conseguindo se soltar. Levantou-se aos tropeços e começou a correr atrás deles, mas o carro já estava virando a esquina, e ele chegou tarde demais, tarde demais...

20

Peter Vincent estava jogando coisas em uma mala de couro surrada. Suas escolhas se baseavam 90% no pânico e 10% na praticidade. Camisas, meias, calças e cuecas estavam no alto da lista de prioridades, o que fazia sentido. Por outro lado, uma calça, cinco camisas, oito cuecas e cinco meias, algumas das quais nem formavam par, não faziam.

Os suvenires não paravam de entrar e sair da mala. Porta-retratos com fotos caseiras de Peter Vincent acompanhado de meio mundo, desde Roddy McDowall a Ingrid Pitt, além de um Bela Lugosi envelhecido e extenuado que encarava a câmera; o espelho quebrado da cigarreira; um estilete que disparava uma cruz de alumínio de 25 centímetros (de *Chupões do Inferno*, o filme adolescente clássico com vampiros); um crucifixo que funcionava como borrifador de água benta. Tentou guardar até pôsteres de filmes com moldura na mala, mas desistiu quando *O Castelo de Sangue* escorregou de seus dedos e espalhou cacos de vidro pelo chão.

A sala era uma zona de desastre. A visita de Eddy Abo fora apenas o começo; a maior parte do estrago, o próprio Vincent causara. Gavetas estavam abertas e largadas pelo chão; tudo o que continuava pendurado nas paredes estava inclinado em ângulos absurdos. Um furacão chamado Histeria passara pela sala, e a partir de então nada mais seria igual.

Tenho que sair daqui, tenho que sair daqui, tagarelavam sem parar seus pensamentos. Era o mantra de um homem tomado por um terror mortal. Um salmo de autopreservação. Uma comunhão com a covardia. *Tenho que sair daqui.* O único pensamento em sua cabeça.

Quando as batidas na porta começaram, ele deu um gritinho e largou tudo o que estava segurando.

"Sr. Vincent!", gritou a voz no corredor. "Abre essa porcaria de porta!" As batidas continuaram, fazendo com que até as obturações dos dentes de Peter chacoalhassem.

Pensou reconhecer a voz, mas era difícil ter certeza: nunca ouvira tanto pânico. Mesmo assim, aproximou-se da porta, hesitante.

"Quem é?", trinou, com a voz fraca e trêmula.

"Charley Brewster, caramba! Me deixa entrar!" As batidas pararam e ouviu-se o baque surdo de Charley apoiando o peso do corpo na porta. Peter pôs a mão na maçaneta e começou a virá-la, depois mudou de ideia.

"O que você quer?", perguntou. "Estou muito ocupado."

"Ele pegou a Amy!", gritou Charley, e a dor naquela voz deu uma pontada nas entranhas de Peter feito uma vacina contra a raiva. "Ele pegou a Amy e a gente precisa salvar ela e eu preciso da sua ajuda... Ah, cacete, *abre logo a porta*!"

Peter conseguiu ouvir, do outro lado, que Charley começava a chorar. Apoiou as costas na porta e inspirou profundamente, fazendo o peito inchar por um momento de agonia. As palavras *ataque cardíaco* surgiram em sua mente como patinhos em uma banca de tiro ao alvo, depois sumiram.

Não posso fazer isso, pensou, e a ideia o deixou nauseado. Odiou a si mesmo e a covardia que personificava. Estava impotente diante daquilo.

"Vá embora, Charley", disse em uma voz muito baixa. "Não posso ajudar. Sinto muito..."

O repentino *BLAM* contra a porta foi uma colisão de corpo inteiro, mais violenta do que todas as outras batidas combinadas. Fez Peter dar um pulo, recuando, com o coração a palpitar loucamente, a vergonha aquecendo suas bochechas.

"Seu *desgraçado*!", berrou Charley. "Seu desgraçado, nojento, traiçoeiro, *imprestável*!"

Peter se afastou da porta, indo mais ou menos em direção ao quarto. Se ele cobrisse a cabeça com as cobertas e se enterrasse debaixo de todos os travesseiros, talvez não precisasse mais ouvir. Talvez não conseguisse ouvir a verdade que o marcaria para sempre...

"Você sabe o que vai acontecer, não sabe? Eu vou ter que ir lá, sozinho, e o Dandrige vai *me matar*! Você sabe o que vai acontecer *depois*, né??"

Charley soluçava freneticamente entre as palavras. Peter continuou a recuar, cada passo mais e mais difícil.

"Eu vou atrás de *VOCÊ*, seu covarde filho da puta! Vou fazer *questão* de ir atrás de você, porque você *não merece viver!*"

Os soluços assumiram o controle. Houve uma última pancada na porta, quase uma decisão de última hora; depois, os passos pesados de Charley se arrastaram angustiados pelo corredor, partindo.

Deixando Peter Vincent, o grande caçador de vampiros, de joelhos. Também começou a chorar: por Charley, por Amy, por Eddy e por Herbert McHoolihee, perdido há muito tempo.

Mas já era tarde demais para isso.

21

Escuridão, espiralando para o alto rumo ao cinza. Uma rigidez debaixo dela, girando também, como uma jangada de madeira pega na volta mais ampla de um redemoinho.

Ao longe: uma música estranha, instigante e sedutora, sombria e elementar como o sangue recém-derramado de um coração. Injetando seu ritmo nela. Despertando-a para o chamado...

Amy voltou à consciência devagar, lutando sem forças com o turbilhão dentro da mente. Seus olhos se abriram e ela viu que, de fato, estava escuro. Havia madeira debaixo dela, sim: um assoalho de madeira de lei, muito antigo.

E a música também estava lá. Nada distante. Só baixa. *Insinuante*, pensou, e a palavra combinou perfeitamente. Não a sobrepujava, mas agia sobre ela com sutileza.

Amy gostou da música. Correspondia ao seu humor no momento, sombrio e sonhador. Sem arestas ásperas. Sem nenhuma estridência. Só um calor perverso, lânguido e vermelho que se derramava sobre ela, cobrindo-a e atravessando-a, fazendo-a se encolher, se esticar e rolar de lado, exuberante, e olhar para o teto com um sorriso nos lábios.

"Ora, ora, *ora*, minha pequena joia", disse a voz sedosa acima dela. "Você voltou para mim. Fico muito feliz. Estava esperando por você."

Até então, não lhe ocorrera ter medo. Ela não sabia onde estava. Não sabia quem havia falado. O fim da vida era a última coisa em que conseguiria pensar.

Havia velas no quarto. Eram a única fonte de luz. *Que romântico*, pensou ela, apreciando a forma como as sombras tremulavam nas paredes e no teto.

É assim que me sinto. Romântica.

Como se uma coisa muito especial estivesse para acontecer.

De repente, uma sombra *muito especial* surgiu acima dela: uma silhueta grande, longa, rígida e extremamente masculina. "Dance comigo", disse a sombra, e uma longa faixa de escuridão se estendeu em sua direção.

A memória de Amy voltou e, com ela, o terror. Ele gostava da garota. Havia alguma coisa nas virgens que o atraía imensamente. Elas ainda não sabiam o que estavam perdendo; tudo em seu íntimo estava contido, serpenteando, angariando poder em segredo. Quando ela chegasse ao clímax, ele sabia, seria memorável.

Estava ansioso por isso.

Não planejava esperar muito tempo.

Agora, ela estava encolhida em um canto, de olhos arregalados e suplicantes. Ele entendia as emoções que se revolviam dentro dela: sentia o gosto delas no ar, como fizera milhares de vezes antes. Elas, tal como *ele*, eram imortais. Floresciam sempre frescas, graças aos deuses de luz e de sombra. Levavam sua inocência e ingenuidade ao altar do sacrifício, sem que jamais soubessem o que estavam para ganhar nem o que haviam de perder.

Uma após a outra.

Para sempre.

Charley ainda era o alvo principal, claro. Mais do que tudo, o vampiro queria fazer o garoto sofrer por ser tão inoportuno; depois daquela cena na danceteria, Rancho Corvallis deixara de ser segura, e ele nem terminara de desembalar a mudança. Charley Brewster, sem dúvida, galgara a lista de desafetos de Jerry Dandrige até o topo, e deflorar a garota com certeza arruinaria o moral do jovem.

A garota o divertiria. Não havia a menor dúvida. Seria divertida e deliciosa, e se transformaria em uma arma admirável. A combinação era imbatível.

"Amy, eu quero você", ronronou ele. "Venha me pegar."

E começou a dançar.

• • •

Por um instante, o pânico foi puro e absoluto. Todas as outras considerações foram deixadas de lado feito brinquedos de infância derrubados pelo terror que a percorreu. Estava sozinha no quarto com uma criatura de maldade inacreditável; parecia que ninguém viria salvá-la, e o fato de que estava prestes a morrer pairava acima dela, mais imenso do que a sombra do vampiro.

Uma sombra que não tinha nada a ver com a luz no quarto. Pois, como um espelho, a luz se recusava a admitir a presença dele. Dandrige não projetava sombra.

Ele *era* sombra.

E foi então que o momento se acabou. Havia mais do que mero pânico, mais do que simples terror. Havia *fascínio*, doentio e intrinsecamente são ao mesmo tempo.

Jerry Dandrige não era o tipo de coisa que acontece todo dia, sabe? A maior parte das vidas era ocupada por acontecimentos totalmente comuns: tique-taque, 19h, hora de ver a novela. A maioria das pessoas nunca cruzava a cidade perseguida por um monstro morto-vivo.

E a maioria nunca fora seduzida por um indivíduo de beleza e poder tão inacreditáveis.

E essa era a outra situação que estava acontecendo com ela, difícil de admitir, impossível de negar. Havia algo nela que se excitava com aquela dança. Havia um anseio, dentro dela, por alguma coisa absolutamente distante e além da experiência comum. Não conseguiu deixar de reagir aos movimentos hipnóticos, aos olhos que a observavam da escuridão.

Aqueles olhos...

Percebeu que eram a fonte do poder que ele tinha sobre ela. O corpo belíssimo e o erotismo fluido dos movimentos tornavam difícil desviar o olhar; já os olhos dele tornavam isso *impossível*. Encaravam-na, brilhantes, com uma luminosidade dourada que não assustava, mas a atraía mais e mais...

"Não", sussurrou ela. Dessa vez ele não tomara sua vontade, não a transformara em uma marionete que balançava na ponta dos cordões.

Estava seduzindo-a, pouco a pouco. "*Não*", repetiu ela, dessa vez com mais determinação.

E se esforçou para não olhar.

"Ah, Amy", murmurou a voz do vampiro atrás dela. "Não faça assim. Estou aqui, me empenhando em provocá-la..."

"Para", choramingou ela, fechando os olhos com força. Na memória, ainda conseguia vê-lo indo em sua direção, os pés mal tocando o chão.

"Não agora que estamos nos divertindo tanto." A voz estava mais próxima, atravessando com facilidade a música que não parava.

E o terror, o desejo e o fascínio se entremearam como minhocas em uma lata, ondulando e se contorcendo às cegas por cima uns dos outros, sem ter para onde fugir. A paralisia era pior do que aquela que Dandrige impunha, porque ela mesma se paralisara.

"*Amy...*" Um sussurro sibilante, agora logo acima dela.

Amy começou a chorar, virando-se de lado, encolhida em posição fetal.

"*Amyyyy...*" Inclinando-se sobre ela, mais e mais perto. Um toque sutil, quase etéreo, escorregando pela curva acentuada de suas nádegas...

"*Nããão!*", gritou ela, afastando-se. Suas costas bateram na parede com um baque ressoante, onde ela acabou se apoiando, ofegando, com lágrimas a escorrer dos olhos.

"Ah, deixa disso", disse ele, sorrindo com falsa timidez, provocante. Ela teve o primeiro vislumbre das presas levemente iluminadas. E os olhos dele haviam perdido o brilho dourado; agora, o fulgor era vermelho e mais intenso. "Não tente resistir. É muito melhor se você se entregar..."

"Me deixa em paz, seu desgraçado! Eu quero..."

"A mamãe?"

"Não! O Charley, seu merda!", choramingou ela, fechando os punhos. Os olhos lacrimejantes estavam cravados nos dele, mas ainda tinha vontade de lutar. "Eu quero o Charley, não você!"

"Você *terá* Charley", sibilou ele, deixando de fingir timidez, "assim que eu terminar com você. Prometo."

"Seu des...", ela começou a gritar, virando-se de repente para a esquerda.

E Dandrige deu um basta.

• • •

Depois de um tempo, ficou cansativo. Deixá-la resistir com sua desprezível força de vontade era como deixar que batesse nele com uma esponja de maquiagem. Logo perdeu a graça.

Não era preciso usar os olhos. Ela estava enganada quanto a isso. Ele poderia subjugar a mente dela estando em outro cômodo, se quisesse. No estado de exaustão em que a garota estava, talvez pudesse até fazer isso do outro lado da rua.

Qualquer que fosse o caso, subjugou a mente dela imediatamente, paralisando-a da cabeça aos pés. Não houve resistência. Não houve o menor incômodo. Ela era apenas uma massa complacente de carne e terminações nervosas; seus sentimentos eram a única coisa que podia chamar de sua.

"Venha aqui", disse ele, e ela se levantou; os olhos inexpressivos, o corpo balançando ao ritmo da música. Bem devagar, ela se aproximou dos braços dele. Bem devagar, começaram a dançar juntos.

... E as mãos dele estavam sobre ela, frias, deslizando pelas nádegas, costas, seios e rosto, traçando linhas de desejo incandescente onde quer que tocassem. E os lábios dele estavam lá, a centímetros dos dela, nunca cruzando aquela distância tentadora.

Ela se viu faminta pelo beijo dele.

Aquilo crescia dentro dela. Ele sentia a fúria se acumular. Ao mesmo tempo que ela se esfregava nele, ardente como um animal, um ponto G psíquico era estimulado a entrar em frenesi.

Ele conhecia muito bem a sensação. Cada um dos movimentos que fazia era com a intenção de provocá-la. Nos próximos instantes, cresceria cada vez mais. E por fim ele a levaria ao ápice.

Devagar, com delicadeza, apoiou a cabeça dela no próprio ombro. Devagar, os lábios dele se abriram para revelar as presas longas, finas e perfeitas.

O pescoço dela estava exposto. A veia que o vampiro procurava apareceu diante dele. Pulsante. Convidativa. Por um momento, vacilou, zonzo, o desejo de sangue fervendo em êxtase dentro dele.

"*Agora*", sussurrou. Ela gemeu em resposta.

A penetração começou.

... E ele estava entrando nela, duas pontas pequeninas e muito afiadas rompendo a primeira camada de pele, entrando mais profundamente e encontrando o centro vermelho, quente e líquido, perfurando-o, indo ainda mais fundo, e mais...

... E ela começou a gritar quando ele a abriu, pensando molhada ai meu Deus tô tão MOLHADA *enquanto o trovão dentro dela crescia mais e mais...*

... E ele mergulhou nela por completo, e ela gozou, se contorcendo, gemendo e agarrando o ar, em espasmos perfeitamente sincronizados com o sangue que era bombeado de suas veias, como uma ejaculação invertida, não concedendo vida, mas tomando vida, apenas tomando-a...

... E o clímax se prolongou, agonia e êxtase em consonância total, depois diminuindo aos poucos enquanto a paixão da garota, tal como a vida dela, se esvaía...

22

A peregrinação desesperada de Charley à casa de Peter Vincent consumiu um bom tempo, e a marcha da derrota de volta para casa ainda mais. Ir a pé era horrivelmente demorado.

Quando chegou em casa, passava das duas da manhã.

Olhou para as duas casas lado a lado, percebendo o contraste que parecia crescer a cada minuto: a casa dele, muito simples, confortável e absolutamente modesta; a outra, uma monstruosidade imensa, tragando tudo à sua volta como o olho de um furacão.

E, em algum lugar lá dentro, a mulher que ele amava.

Ele que se dane, resmungou em silêncio, pensando no covarde Vincent. *Ele que se dane e vá pro inferno por ser um prodígio incrível de araque. Queria que ele estivesse lá, que visse o Dandrige em ação. Aí ele saberia que* precisava lutar, que *não existe meio-termo, nem pra onde fugir, nem...*

Continuou repetindo variações infinitas sobre enfiar a verdade goela abaixo no infeliz do Vincent, um diálogo interno contínuo de medo e vingança.

Estava tão concentrado que nem viu a mão que surgiu dos arbustos, avançando na direção dele.

Quando ela agarrou seu ombro, ele quase morreu. O coração pulou na garganta como se estivesse tentando pegar o próximo voo para longe dali. Ele se virou, de olhos arregalados, imaginando que morreria.

O que encontrou foi Peter Vincent no clássico modo caçador de vampiros. Na mão dele havia uma bolsa muito grande e velha, de couro gasto e acabamentos de latão.

"Peter Vincent", disse ele, curvando-se graciosamente, "a seu dispor, pronto para lutar contra as forças das trevas."

Charley não sabia se desmaiava ou se pulava de alegria. Uma parte dele esperava que o som empolgante de violinos acompanhasse a declaração. Tentou falar, foi um fracasso total.

"Hã?", disse ele.

"Exatamente", respondeu Peter. "Sinto o mesmo. Agora, vamos em frente?" Começou a andar em direção à casa. Charley o agarrou, puxando-o de volta.

"Peraí um pouco", disse ele. "Por que mudou de ideia? Uma hora atrás, você nem quis abrir a porta pra mim. Agora vai entrar de cabeça nessa história. O que tá pegando?"

Peter ficou de cara fechada. "Nem todo mundo tem um código, Charley. Nós, caçadores de vampiros, *temos*, e negligenciei o meu por tempo demais."

Depois acrescentou, radiante: "Além disso, não se pode caçar um vampiro legítimo sem as legítimas ferramentas. E *você* está desastrosamente mal preparado. Portanto, *voilà*...".

Abriu a bolsa, revelando um arsenal de equipamentos: diversas cruzes ornamentadas, um boldrié de frascos de cristal curtos, e um suprimento generoso de robustas estacas e martelos de madeira de lei.

Por um momento, Charley olhou fervorosamente para ele. Depois, pegou dali uma cruz grande o bastante para usar como raquete, além de várias estacas. Encaixou-as no cinto. Sentiu-se um bandido de desenho animado.

"E o Billy?", perguntou. "Ele é humano. O que a gente usa nele?"

Peter abriu um sorriso do tamanho da cerca entre as casas e sacou um revólver calibre .38, banhado a níquel. Charley continuou incrédulo enquanto Peter levantava a arma. "Balas dundum, Charley. Vão abrir um buraco do tamanho de uma toranja nele. Se isso não o deter, ele *não é* humano."

Charley abriu um sorriso triste, balançando a cabeça.

"Você pensou em tudo, né?"

"Esperemos que sim." Peter se voltou para a casa, mostrando a Charley seu melhor ângulo. "Vamos?" E foram.

• • •

O pórtico os recebeu, silencioso como um túmulo; o tique-taque implacável dos relógios sublinhava a profunda quietude. Era familiar, mas nem um pouco acolhedor. Atravessaram o espaço em arco com cuidado, decididos a não falhar.

Estavam na metade do caminho até a escada quando a voz os atacou.

"Bem-vindos!", disse ela. "Ora, ora, já estão de volta? Como eu *adoro* receber as pessoas para jantar!"

Dandrige emergiu da escuridão no alto da escada, despido por completo de seu véu noturno: olhos, mãos, dentes, tudo era horrível.

Lindo, pensou Peter. *Como um deus das trevas se apresentando diante da corte.*

Dandrige sorriu em apreciação, como se lesse a mente dele. "Sim, de fato", disse ele. "Bem-vindos à verdadeira *Hora do Espanto*. Sr. Vincent, esta noite o senhor é o convidado de honra. E nosso jovem amigo inconveniente", indicou Charley, "vai estar na plateia."

Alguma coisa no tom de voz do vampiro fez as entranhas de Peter virarem geleia. Engoliu em seco; sua autoconfiança foi por água abaixo. Levou a mão trêmula à bolsa e tirou um crucifixo, brandindo-o com toda a convicção de um ovo com a gema mole.

"Para trás, ó cria maldita de Satã!", gritou. Sua voz foi um guincho truncado.

E Dandrige caiu na gargalhada.

A princípio, Charley e Peter ficaram atordoados demais para sentirem medo, mas não havia como compartilharem da alegria que Dandrige expressava. Continuou rindo até parecer que ia arrebentar.

Só então ele parou, encarando-os com um olhar de seriedade fingida.

"Não, *sério*", disse, contendo o riso. "Posso ver?"

Abaixou-se e, sem a menor relutância, tirou a cruz da mão de Peter.

"Hmmmmm", murmurou, manuseando-a com desdém. "Artesanato ordinário. Não foi feito para durar."

Apertou a cruz com força, triturando-a em pedacinhos, e jogou os restos no rosto de Peter. "Acredito que lhe falte o elemento essencial, sr. Vincent", disse ele, sério. "Fé."

Peter ficou olhando como se tivesse sofrido um curto-circuito. Recuou por instinto, afastando-se de Dandrige, os pés andando em piloto automático. Charley ficou horrorizado ao vê-lo retroceder, pensando: *Não, seu desgraçado, você não pode desistir assim!* O garoto então sacou a própria cruz e avançou com ela, parando a poucos centímetros do rosto de Dandrige.

"Para trás", disse Charley.

Dandrige cambaleou escada acima, com as pupilas contraídas como as de um gato.

"Para trás!", repetiu Charley, admirado com a forma como o poder fluía dele. O vampiro continuou a recuar, incapaz de olhar para a cruz. "A gente *pegou ele*, Peter!", gritou.

Não houve resposta.

"Peter?"

Ele se virou e viu Peter Vincent quase saindo pela porta, a bolsa abandonada nos degraus onde a derrubara às pressas.

"Peter!", gritou Charley uma última vez, voltando-se para o vampiro, com a traição minando sua determinação...

... quando uma imensa mão o atingiu em cheio no rosto.

A última coisa que ele viu foi Billy Cole com um sorriso sinistro, concluindo o golpe com as costas da mão. Charley girou. A escuridão avançou para recebê-lo.

E o pesadelo o cercou.

23

Correndo, correndo, a casa de Dandrige e sua aura de horror cada vez mais distantes atrás dele, a casa dos Brewster iluminada e acolhedora como a luz de um farol. Os pensamentos de Peter eram caóticos, uma teia emaranhada de jargão psicológico que ao mesmo tempo chorava, implorava, chamava a polícia e gaguejava em um estilo geralmente associado a papinha para bebês.

Chegou aos degraus na entrada da casa dos Brewster e escancarou a porta. Lá dentro, tudo era silêncio. "Sra. Brewster! Sra. Brewster!", berrou, entrando e fechando a porta com força.

Não houve resposta.

Trancou a porta e correu escada acima, ainda gritando o nome dela. Havia uma porta aberta diante dele, no fim do corredor, mal iluminada por uma luz fraca acesa no cômodo. Correu até lá, arquejando com força, os passos martelando buracos na noite.

Judy Brewster estava na cama, virada de costas para ele, com o cabelo loiro espalhado no travesseiro. Parecia ter passado por mais permanentes do que deveria, lembrando mais um esfregão do que uma cabeleira humana. Peter correu até ela, o alívio estampado em suas feições.

"Graças a *Deus*, sra. Brewster!", começou a dizer. "Seu filho corre um perigo terrível..."

"Eu sei", respondeu a pessoa na cama. A voz era vagamente familiar. Não se parecia nada com a voz que Peter esperava ouvir. Ele parou no meio de um passo — e seu coração quase fez a mesma coisa.

"Não é maravilhoso?", continuou a voz.

A pessoa sentou-se na cama.

E Peter Vincent começou a gritar.

Era Eddy Abo e, ao mesmo tempo, *não* era. O formato do rosto era igual, mas as semelhanças acabavam aí. O sinal da cruz ainda estava marcado com sangue coagulado na testa, e isso era o que havia de mais bonito nele. As feições tinham afundado, ficando branco-acinzentadas. Os olhos estavam cobertos pelo que pareciam ser cataratas vermelhas de néon, pulsando com uma incandescência lacrimejante que fazia Peter querer se encolher e morrer.

Quatro dentes se projetavam por cima do lábio inferior de Eddy: duas presas, deformadas e mortais, ao lado de um par de incisivos enormes que o faziam parecer um coelho saído de um pesadelo. Abriu um sorriso sarcástico e a peruca enorme começou a escorregar de sua cabeça; um striptease pavoroso, repleto de deleite brincalhão e niilista.

"A mãe do Charley teve que trabalhar hoje de noite", resmungou o vampiro. Mostrou um bilhete amassado. "Ela disse que o jantar está no forno. Não é uma *fofura*?"

Peter começou a recuar, choramingando.

"Você não podia *morrer* de uma vez?!", concluiu Eddy Abo, pulando da cama.

Peter Vincent começou a correr às cegas, quase sem fôlego. Disparou pela porta e pelo corredor, enxergando a escada só depois de passar por ela, seus olhos turvos percebendo-a tarde demais...

... e trombou com uma mesa cheia do tipo de quinquilharia inútil que as Judy Brewsters do mundo gostam de colecionar. Palhaços e gatinhos olhudos de cerâmica desabaram no chão, estilhaçando-se em milhões de pedaços reluzentes e afiados. A mesa caiu com duas pernas quebradas. Peter Vincent foi a seguir, tombando no tapete com o resto das peças, sentindo uma dor aguda no quadril direito.

Teve apenas um segundo para se recompor.

Foi quando o monstro saiu do quarto.

Era um lobo gigantesco, de olhos vermelhos, pelagem cinza-pálida e mandíbulas salivantes. Avançava rapidamente, sorrindo, com a mais absoluta confiança no massacre vindouro.

Peter desviou o olhar. Seus olhos se cravaram em uma perna estilhaçada da mesa, com uma extremidade afunilada na forma de uma ponta irregular e mortal. Pegou-a com firmeza na mão direita, estendeu-a na frente do corpo...

... enquanto o monstro lupino o atacava, propelindo-se com a força das patas traseiras e lançando-se no ar, Peter gritou, fechando os olhos, com a perna da mesa levantada adiante, um impulso derradeiro de sobrevivência com o qual atacou sem a menor esperança...

... até a ponta da perna da mesa atingir uma coisa sólida, afundando nela. Um ímpeto mais veloz e mais verdadeiro que o pensamento fez Peter empurrá-la para cima com todas as suas forças, abrindo os olhos...

... enquanto o lobo monstruoso uivava e caía contra o corrimão, estilhaçando-o, com o peito espetado pela perna da mesa, que escorregou das mãos de Peter e foi pelos ares enquanto a fera desabava com toda a força da gravidade contra ela.

Houve um baque nauseante no chão do andar de baixo.

Peter se permitiu parar por dez segundos para se recuperar do terror. Depois, debruçou-se na balaustrada quebrada, olhando para o pesadelo abaixo dele.

O lobo se contorcia no tapete, cercado pelos pedaços do corrimão, sangrando um pouco.

Não tem muito sangue dentro dele, refletiu Peter loucamente. *Por isso queria o meu...*

Peter levantou-se devagar, apoiando o peso do corpo na parede. Fez um esforço para se aproximar da escada e descê-la, enquanto uma parte de sua mente procurava possíveis reviravoltas que ainda pudessem colocá-lo em circunstâncias mortais. *Eles podem se transformar em lobos*, tagarelava a mente dele. *E morcegos, ratos e todo tipo de coisas horríveis.*

Mas uma estaca no coração deve resolver, concluiu. *Senão, estou morto e pronto.*

Chegou ao pé da escada e se obrigou a se virar. Não foi fácil. Sentia-se muito velho e exausto, morrendo de cansaço daquele esforço sem fim. Sentia-se exatamente o que era.

Então, virou-se, e o coração pulou dentro do peito.

O monstro tinha sumido.

Ai meu Deus, murmurou sem fôlego nem som. Deu um passo à frente, hesitante, depois outro. "Não, por favor", choramingou.

Havia um rastro fino e viscoso atravessando o tapete. Levava do ponto onde o lobo havia caído até as sombras debaixo da escada. Sons muito baixos, agudos e lastimosos vinham dali. Não eram humanos.

Mas, sem dúvida, eram de alguém que estava morrendo.

Peter avançou mais depressa, com medo do que poderia ver, sim, mas não temendo mais por sua vida. Havia um nicho, tão fundo quanto a escada era larga. Ele foi até lá.

Parou de repente.

E ficou olhando, mais pasmo do que horrorizado.

A coisa no nicho não era nem lobo nem Eddy, mas algo fantástico entre um e outro. Ainda tinha as mandíbulas enormes, o focinho alongado, as orelhas pontudas e o nariz preto, mas os pelos estavam encolhendo depressa. Parecia *sarnento*, no sentido popular da palavra, como um cachorro monstruoso que mora em um ferro-velho, com trechos carecas na pelagem emaranhada provando uma vida de luta interminável. Os olhos estavam bem fechados — não parecia saber que Peter o observava — e lágrimas espessas e viscosas escorriam pelas bochechas contorcidas.

Mas foram as *mãos* que o impressionaram de verdade. Estavam fazendo um esforço imenso para serem mãos humanas, mas ainda não tinham pegado o jeito. Os dedos eram nodosos e longos demais, com articulações ossudas, enormes e salientes como os nós de um galho de árvore.

Estavam fechados em volta da perna da mesa, que se erguia a uns bons trinta centímetros do meio do peito.

Tentavam arrancá-la.

"Deus do céu", disse Peter.

E o monstro abriu os olhos.

O monstro piscou, entre as lágrimas de dor, para o homem em frente a ele. Era difícil se concentrar — tão intensa era a agonia —, mas algo dentro dele ainda sentia fome perante aquele homem. Imagens de barrigas evisceradas e intestinos fumegantes não paravam de dançar e rodopiar na mente do monstro.

Puxou a estaca que o empalava, uivando. Tudo doía. O universo era um contínuo de dor, vasto e uivante, com aquilo que já tinha sido Edward Thompson pregado bem no centro.

E a estaca não ia sair. Agora, o monstro sabia disso. Estava fraco demais e a morte era certa. Não haveria sangue. Nem carne. Nem nada. Apenas agonia e mais agonia, até o amargo fim.

Foi então que os últimos resquícios de Eddy Abo, o adolescente que vira filmes de monstros demais, vieram à tona borbulhando como sangue.

A coisa estava tentando dizer alguma coisa. Disso Peter tinha certeza. Algo de inconfundivelmente humano havia cintilado naqueles olhos e lá pousara, e a boca se movimentava em um esforço para formar sons coerentes.

E isso era o mais horrendo. Assim como as mãos disformes, a boca era lamentavelmente incapaz de reproduzir as sutilezas da fala humana. O que saiu foi um chiado patético e inarticulado, um sopro de morte arrastando-se em um padrão que se recusava a coalescer.

Peter caiu de joelhos diante da criatura, aproximando-se. Ela pareceu feliz por isso. Ocorreu-lhe a ideia, não tão absurda assim, de que talvez Eddy Abo só quisesse uma última chance de atacar sua veia jugular. Manteve isso em mente, mas não se deixou deter.

Não restava malícia na criatura. Peter acreditava nisso de todo o coração. O sentimento que agora tomava conta dele não era nem medo nem horror, mas uma *tristeza* profunda e intoxicante. Em algum lugar, debaixo de toda aquela carapaça medonha, um garoto que mal começara a viver estava tentando lhe dizer alguma coisa antes de morrer. Não era pedir demais.

"*O que é?*", sussurrou Peter. Não sabia de que outra forma abordá-lo. Agora estava perto, muito perto; o hálito podre da criatura pesava em suas narinas. "*Fale comigo, por favor. Quero saber.*" O monstro estendeu a mão.

Houve um instante de hesitação, a manifestação automática da cautela. Então, Peter estendeu a mão também, aproximando-se até a ponta dos dedos ficar a poucos centímetros das do monstro.

E parou ali, enquanto ele fazia uma última tentativa de falar.

Dessa vez, Peter entendeu o que estava tentando dizer.

Desculpe...

Peter formou as palavras com os lábios, e o lobo monstruoso fez que sim. Houve um momento longo e elétrico em que Peter se limitou a olhar naqueles olhos onde a luz diminuía.

Então, os dedos se tocaram.

E, para Eddy Abo, as luzes se apagaram para sempre.

A transformação de volta à carne humana, e mais do que isso, levou apenas um instante. Peter não ficou para testemunhar. Já estava saindo em direção à porta.

Havia um par de jovens que precisavam desesperadamente de sua ajuda.

Esperava não ter que matá-los também.

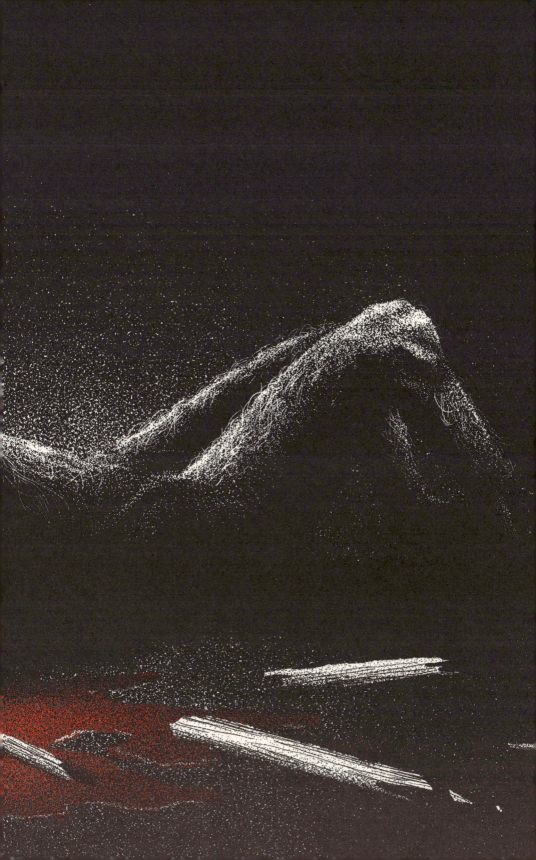

24

Dandrige entrou no quarto com o corpo inerte de Charley pendurado no ombro como se não fosse nada. Jogou-o no chão com um baque sem cerimônia. A força do impacto despertou o garoto de sua letargia e o horror floresceu em seus olhos por vários segundos antes que recuperasse a coordenação motora. Dandrige abriu um sorriso tranquilizador.

"Você reconhece este quarto, não é, Charley? Claro que sim. É o meu. Eu me divirto *muito* aqui... mas não preciso lhe contar isso, não é mesmo? É claro que fiz algumas *reformas*", disse ele, indicando as janelas, agora bloqueadas com tábuas espessas.

Alguma coisa se mexeu à esquerda de Charley. Ele se voltou e viu Amy, encolhida e trêmula em posição fetal. A jaqueta dela havia sumido, a blusa estava rasgada e ensanguentada. Parecia febril. Charley deu um gemido baixo e gutural, rastejando na direção dela.

"Se você a quer, pode ficar com ela." Dandrige deu de ombros. Charley olhou para ele de relance, cheio de ódio.

Dandrige deu uma piscadela e sorriu. "Tudo por vocês, fofuras."

Charley a aconchegou nos braços com delicadeza. *"Amy...",* sussurrou.

As palavras morreram em seus lábios. Amy estava comatosa, imersa em uma transformação sobrenatural. Tremores breves e vacilantes sacudiam seu corpo. As pálpebras tremulavam, revelando olhos escuros e reluzentes. A boca se movimentava espasmodicamente no impulso infantil de sugar e as mãos se debatiam por reflexo.

"Seu desgraçado", sussurrou Charley com repulsa e tristeza, fechando os olhos bem apertados. Então perdeu a calma, inflamando-se como a explosão de uma fornalha, e gritou: "Seu desgraçado! Por quê? Por que ela?"

Dandrige revirou os olhos. "Bom, você tem sido um pé no saco tão persistente que achei que merecia um castigo *especial*. Por isso, vai poder assistir à transformação dela, e depois", um sorriso diabólico, "pode matá-la ou ser a primeira vítima dela. Não é maravilhoso ter liberdade de escolha?"

Charley se levantou com um salto e o atacou como um jogador de futebol americano profissional, cego de fúria animalesca. Dandrige o jogou pelos ares com um tapa, como se faz com uma mosca. Charley colidiu com a cômoda e desabou no chão, derrotado.

"Tá bom, me mata", disse ele, olhando para cima com determinação. "Vai logo, me mata. Mas, por favor, solta ela."

Dandrige sorriu. "Que comovente. É o seguinte: Vou aceitar sua ideia. Mato você primeiro e depois solto a moça."

Fez uma pausa dramática à porta.

"Até. A. Insanidade."

Inclinou-se então e pegou um objeto na mesa de cabeceira, jogando-o para Charley como quem joga um biscoito para o cachorro.

"Acho que vai precisar disso", comentou. "Antes do amanhecer."

O objeto caiu no chão e rolou até os pés de Charley: tinha sessenta centímetros de comprimento e era completamente letal.

Uma estaca de madeira.

"Nããão...", gemeu Charley enquanto Dandrige saía, trancando bem a porta. Charley rastejou depressa até Amy e a abraçou, aninhando-a no peito e embalando-a como um bebê doente. A pele nua de seu antebraço roçou os lábios dela, e ela o mastigou, a língua persistente e áspera como uma lixa.

"Nããão!"

Na metade do corredor, Dandrige sorriu. Aquilo era música, pura e doce, para seus ouvidos.

• • •

Lá fora, Peter Vincent contemplou a casa de Dandrige com uma curiosa combinação de determinação pétrea, empolgação e puro terror. A casa em si ficava mais atarracada e malévola a cada instante que passava. A quase certeza do destino que o aguardava no interior deixava-o curiosamente calmo.

Era como se tivesse passado a vida toda à espera daquilo, de seu momento de glória.

Afinal, nem todo artista tem a chance de enfrentar seu medo, e a fantasia de toda uma vida, e vencer. Mas Herbert McHoolihee venceria.

Mesmo se tivesse que morrer para isso.

Entrou na casa em silêncio, sem saber exatamente por onde começar. No fim do saguão, a porta do porão estava entreaberta. Vozes baixas vinham de lá. Virando-se, ele subiu a escadaria, seus passos abafados pelo espesso tapete oriental.

Parou e olhou o enorme vitral que dominava a escadaria. Estava escuro, com as cores esmaecidas, mas em breve — olhou o relógio de pulso, 4h em ponto — o sol se infiltraria por lá, banhando a sala em cores.

Esperava estar vivo para ver.

O corredor do andar de cima também estava escuro, iluminado apenas pela luz dos postes que entrava pelas janelas nas extremidades. Seguiu em frente, pé ante pé, virando cada maçaneta com cuidado enquanto o coração martelava o peito.

A quarta porta estava trancada. "*Charley?*", sussurrou, batendo com extrema delicadeza.

Charley ergueu o rosto. "Peter?", murmurou. "Peter?"

"Sou eu", respondeu a voz abafada do outro lado.

"Peter, estou com a Amy. Ela precisa de ajuda. Me tira daqui."

Uma breve pausa.

"Peter?" *Meu Deus, se alguma coisa aconteceu com ele...*

"Charley, vou ter que arrombar a porta. Faça todo o barulho que puder. Grite. Quebre coisas. Faça tudo que puder."

Vai ser fácil gritar e quebrar coisas, pensou. *É só eu olhar pra Amy.*

"Tá bom", respondeu.

• • •

Lá embaixo, Jerry e Billy estavam ocupados no porão. Esvaziaram uma caixa de madeira e espalharam dentro dela uma camada fina de terra do caixão de Jerry.

Depois, misturaram-na com uma camada mais grossa de terra local.

O solo de Rancho Corvallis. Para Amy.

Billy olhou para Dandrige, sério. "Minha nossa", disse ele. "Tomara que ela tenha nascido aqui." Dandrige deu uma gargalhada e Billy o acompanhou, o deleite dos dois pontuado por um som longínquo.

O som de gritos.

Pararam no meio dos preparativos. O vampiro abriu um sorriso bonito e apavorante, indicando a escada com um aceno.

"Acho que alguém está acordando", disse ele.

Peter considerou uma enorme sorte que a fechadura tenha cedido na primeira tentativa, pois seu ombro, sem dúvida, cederia na segunda. Portas de madeira de verdade eram consideravelmente mais formidáveis do que seus equivalentes cinematográficos, e o ombro latejava quando se aproximou de Charley.

No chão, Amy estava encolhida em posição fetal completa, o corpo trepidante e escorregadio de suor.

A voz de Charley tremia de pânico mal disfarçado. "Ele mordeu a Amy, Peter. Ela está *mudando*. O que a gente vai fazer?"

Peter se ajoelhou ao lado da garota como um médico fazendo a triagem. Abriu uma das pálpebras dela, revelando os primeiros sinais de vermelhidão na íris dilatada. Ela arreganhou os lábios em um ricto medonho, os incisivos já convertidos em legítimas presas. Seu hálito cheirava a água de fossa, e gotículas de saliva fétida se acumulavam nos cantos da boca.

Peter tirou um pequeno frasco de um bolso secreto no casaco. Tirando a tampa, olhou para Charley e disse: "Segure a cabeça dela. Temos que fazê-la engolir um pouco disso".

Charley olhou para o frasco, desconfiado. "O que é isso aí?", perguntou. "Parece mais daquela sua água benta falsa."

Peter negou balançando a cabeça, atento a Amy. "Esta é de verdade", garantiu. "Agora, segure-a com força. A reação dela pode ser bem violenta."

Charley fez que sim e pôs as mãos firmes em cada lado do rosto de Amy. Com cuidado, Peter levou o frasco aos lábios dela. Cada músculo do corpo dela se enrijeceu. Preparando-se para o que viria, ele afastou o frasco.

Amy explodiu em um ataque de pânico às cegas, debatendo-se loucamente em todas as direções. Atingiu Charley com um golpe inclinado das costas da mão, jogando-o na mesa de canto com um estardalhaço. Peter pulou para trás, evitando por pouco a mão que tentava arranhar seus olhos.

E, no ato, derrubou o frasco.

A água benta vazou inofensiva no tapete, deixando uma pequena mancha de umidade. Amy girou de um lado para o outro, apoiada nas mãos e nos joelhos, irracional, sibilando como um lagarto.

E colocou a mão em cheio na mancha de água.

Ouviu-se um grito, depois o chiado da pele queimada. Amy caiu para trás, com o rosto contorcido de agonia, esquecendo tudo a não ser a dor. Sua mente era um espaço vazio, um poço turvo e sem fundo, ocupado somente por uma única palavra que se repetia de novo, de novo e de novo...

... e a palavra era "JERRYYYYYYYYY..."

Dandrige parou com a pá nas mãos, inclinando a cabeça de lado, intrigado. Billy também parou, observando o mestre com óbvia apreensão.

"Alguma coisa errada?", perguntou.

Dandrige sorriu sem achar graça. "Temos visita", respondeu.

25

Charley ergueu o olhar do corpo trêmulo de Amy. Ela havia se acalmado um pouco, limitando-se a choramingar em sua letargia, deitada no chão. Ele fixou o olhar adiante, no nada.

Sua voz, quando saiu, pareceu estar a quilômetros de distância.

"Tem alguma coisa que a gente possa fazer?", perguntou. "É tarde demais pra salvar ela?" Lançou um olhar muito enfático a Peter. "*É ou não é?*"

Peter deu um suspiro profundo. "Ela precisa escapar do poder dos mortos-vivos, e esse poder emana de Dandrige. Não é tarde demais, Charley. Elimine Dandrige *antes* do raiar do dia e você eliminará a marca do poder dele. Mas teremos que matá-lo e, sem dúvida, o assistente dele também. Não temos escolha."

Charley olhou para ele, incrédulo. "E isso é *novidade*? O que você acha que eu estava *tentando fazer* esse tempo todo? Ensinar *comunicação assertiva* pra ele? Meu Deus do céu! Eu *sei* que o desgraçado tem que morrer! Sei disso *desde o começo*...!"

Magoado, Peter tentou se defender. "Mas *eu* não sabia. E só me convenci depois que tudo aconteceu. Não é a coisa mais fácil de acreditar, e você também não é o argumentador mais diplomático do mundo."

Charley o encarou, sem vontade de insistir, mas incapaz de dar o braço a torcer. Deu um suspiro profundo e disse, com a maior calma possível: "Agora você acredita em mim?".

Peter fez que sim. "Olhe, vamos deixar os ressentimentos de lado", propôs ele. "Temos muito que fazer e pouco tempo."

Olhou o relógio de pulso: 4h35.

Era tempo suficiente.

Assim esperava.

Saíram do quarto de Dandrige, misturando-se às sombras do corredor. Peter se deslocou pela escuridão com destreza e uma precisão experiente (*exatamente como em* Presas da Noite, *se parar para pensar*, refletiu ele.) Charley o seguiu, segurando a estaca na palma das mãos suadas enquanto se dirigiam em silêncio à grande escadaria.

Sem perceber as sombras que se aproximavam deles por trás.

Billy Cole esperava por eles ao pé da escada com as mãos na cintura, sorrindo feito o Gato de Cheshire. Charley queria que ele completasse a metáfora desaparecendo por inteiro.

Não teve sorte. Billy abriu os braços em um gesto acolhedor e deu um sorriso ainda mais hediondo por sua sinceridade aparente. O piso quadriculado se espalhava atrás dele como um enorme tabuleiro de xadrez (*cavalo toma rei na casa quatro, sua vez...*).

"Ora, ora, ora", disse ele, transbordando charme. "O que temos aqui?"

Peter não recuou. "O que temos aqui, sr. Cole, como diz o ditado, é o fim da linha." E, com um gesto floreado, ergueu o .38 e mirou bem no meio da testa de Billy.

(*Rainha toma bispo na casa três. Sua vez...*)

Billy se limitou a sorrir. "É *isso* aí." Começou a caminhar na direção deles com passos calculados, quase majestosos.

Peter puxou o cão do revólver até o meio do caminho. "Estou avisando", disse ele. "Eu *vou* atirar."

(*Sua vez...*)

Billy não parou de sorrir. Estava a cinco passos de distância.

Quatro passos. Peter puxou o cão todo para trás. "Pare. Agora. Por favor." O suor escorreu discretamente de seu couro cabeludo.

Billy deu mais um passo.

(*Xeque...*)

Ainda sorrindo. Os olhos fixos nos de Peter. Mais um passo, quase perto o suficiente para estender a mão e quebrar o pescoço dele como se fosse um galho seco.

"Por favor..."

(Xeque...)

Billy deu o último passo, levantando as mãos calejadas e agarrando o ator pelo colarinho.

Peter apertou o gatilho.

E a escuridão rodopiou atrás deles.

Tudo aconteceu em um instante. O revólver disparou com um estrondo que ecoou pela sala como se fosse um pequeno canhão. Charley sentiu os pelinhos do traseiro se arrepiarem como se esperassem dar um jeito de migrar em massa para a frente do corpo e assim escapar da escuridão atrás deles.

A escuridão que ficou mais densa e sólida, conforme ele se virava para trás, tomando a forma assassina de Jerry Dandrige. Convertendo-se de sombra amorfa em um Dandrige impecavelmente corpóreo com um único movimento de graça fluida e letal. Avançou para o abate, alcançando velozmente o degrau mais alto.

Os braços estendidos.

Os olhos, poças de lava derretida.

Peter não viu nada daquilo. Ficou parado, petrificado perante a visão de Billy, ainda sorrindo enquanto a vasta extensão de seu lobo occipital inferior espirrava nos degraus feito macarrão à bolonhesa. Um pedaço de crânio do tamanho de uma ostra bem servida escorregou pelo piso de mármore, retinindo. O som pareceu desencadear uma reação no cérebro arruinado de Billy. Ele inclinou a cabeça para o lado em um movimento curioso, como se, de repente, percebesse que, no fim das contas, ia mesmo parar.

Seus olhos ficaram vidrados e ele desmoronou escada abaixo, batendo a cabeça no chão com o som de um melão maduro ao cair de um caminhão.

Dandrige rugiu de indignação ao ver 113 anos de treinamento cuidadoso e serviços fiéis desabarem no piso lustroso, com o cérebro vazando feito a polpa de uma abóbora esmagada. *Onde vou encontrar outro igual a ele?*, gritava sua mente. Era incompreensível que dois incompetentes como aqueles conseguissem causar tantos transtornos. Aquele jogo logo deixara de ser mero esporte para se tornar um verdadeiro caso de vida ou morte.

A deles ou a dele.

O vampiro sibilou involuntariamente, os olhos reluzindo, vermelhos, com pupilas em fenda. A transformação cresceu dentro dele, ansiando por jorrar e massacrar aqueles insetos. Ele a conteve da mesma forma que um amante hábil poderia retardar a chegada do orgasmo.

Esperou um total de dez segundos antes que a fome e a sede de sangue se tornassem uma necessidade avassaladora. Em seguida, saltou na direção deles, guinchando.

E deu de cara com o crucifixo de Charley.

"Pra trás, seu *filho da puta*!", exclamou o garoto, brandindo a cruz.

Dandrige parou de repente, surpreendendo a ambos. Sentiu uma enorme onda de emoção, a junção de cada gota infeliz de repulsa por si mesmo e tristeza que ele infligira nos últimos dias.

Tudo voltado contra ele.

Naquela noite.

Charley também sentiu: uma energia pulsante que nascia em algum lugar no meio do peito e se irradiava em ondas. O vampiro tomara sua mulher, assassinara seu melhor amigo e seduzira sua mãe...

... e agora ia pagar por isso. Na íntegra.

Era uma sensação rara, aquela.

A sensação de virar a mesa.

O vampiro abriu um sorriso astuto, como se lesse os pensamentos dele. "Será *mesmo*?", perguntou. Seu olhar se desviou para a base da escada, onde Billy jazia estatelado. Por um momento, seus olhos chamejaram, estreitando-se na forma de fendas enquanto ele inspirava o ar com força.

"Sim, talvez seja verdade", declarou, dando as costas e retrocedendo velozmente rumo às sombras no alto da escada.

Charley e Peter ficaram olhando para ele, intrigados com a vitória aparente. "O que ele quis dizer?", perguntou Charley.

A resposta veio da base da escada. Peter e Charley se viraram, horrorizados ao ver o impossível, mas inexorável: Billy estava se levantando.

Voltando-se para eles.

E subindo a escada.

Ergueu o olhar, encarando-os com os olhos fixos, mortos. Seu rosto ainda exibia o mesmo sorriso idiota que estava lá quando ele havia caído. O buraco do tamanho de uma moeda de dez centavos no meio da testa vazou conforme ele se lançava escada acima, e o fino fio de sangue escorreu, formando uma poça debaixo do olho direito. Enquanto ele subia, uma das mãos agarrou desesperadamente o corrimão. A outra fazia movimentos crispados e circulares no ar.

Gestos assassinos.

O romance de vinte e cinco anos entre Peter Vincent e o macabro não pôde prepará-lo para o horror irracional daquele momento. Não havia técnicos, cabos nem balas de festim, ninguém para gritar "Corta!" e dar café para todo mundo. A vida era ação e reação: de um lado, uma arma fumegante, do outro, um cadáver ambulante com um buraco escancarado na cabeça.

Ele ergueu o revólver outra vez, apontando-o para o peito do monstro-Billy.

"Que Deus nos ajude", murmurou, e disparou.

O primeiro projétil atingiu Billy em cheio no coração, explodindo a aurícula esquerda ao sair pelas costas. O segundo destruiu o lobo superior do pulmão direito e se alojou debaixo do ângulo inferior da escápula. O terceiro, o quarto e o quinto se espalharam, atingindo aleatoriamente o pulmão esquerdo, um rim e o baço...

... que para o monstro-Billy tinham a mesma importância que uma Medalha de Honra do Congresso. Ele era uma máquina de matar com rosto inexpressivo, funcionando em piloto automático, enquanto reduzia a distância com as mãos se abrindo e fechando por reflexo.

Peter ficou paralisado de descrença, cada neurônio do cérebro sofrendo uma sobrecarga. A delicada trama da realidade fora estraçalhada com toda a esperança na eficácia da arma que clicava vazia em sua mão.

Ficou absolutamente imobilizado enquanto o Billy-monstro concluía seu objetivo inicial, fechando os dedos calejados em volta do pescoço dele e começando a *apertar...*

E Charley avançou, cravando a estaca a uma profundidade de dez centímetros no coração da criatura.

Por um instante, o monstro-Billy relaxou o aperto, deixando Peter escapar. O ator recuou, engasgando e ofegando.

Charley deu um chute na criatura, derrubando-a escada abaixo. Caiu rolando, debatendo-se e gritando, e atingiu o chão com um baque. A força do impacto fez a estaca atravessar seu peito por inteiro.

E o monstro-Billy começou a se decompor.

Borbulhou e respingou pelo chão, inclinando a cabeça para a frente e para trás, em espasmos, a pele caindo em camadas, criando uma poça de muco viscoso.

Em menos de noventa segundos, estava acabado.

Charley e Peter ficaram no patamar da escada, olhando os restos fumegantes por um bom tempo. Charley tocou no ombro de Peter. "Vem, vamos embora", disse ele.

Peter olhou para ele. Seu choque diminuía devagar. "Ele não era *humano...* ", disse com um murmúrio rouco.

Charley o encarou, incrédulo, depois sorriu e começou a subir os degraus.

"Jura?", respondeu. "Agora vem."

Eram 05h05.

26

Charley e Peter chegaram ao último degrau como uma rolo compressor e percorreram o corredor com cuidado. As sombras pareciam vivas, uma estampa ondulante de escuro contra escuro que se abria poucos centímetros diante deles e se fechava logo depois. Andaram sem dizer nada, o silêncio pontuado apenas pela respiração e pelos corações acelerados.

O som de madeira estilhaçada cortou a quietude como uma faca. E, por trás dele, o grito de uma mulher.

"Ai meu Deus!", gritou Charley. "Amy!"

Correu adiante com Peter logo atrás dele. Chegaram à porta feito uma equipe da SWAT, entrando no quarto com uma determinação quase suicida.

Apenas para encontrá-lo vazio. Uma janela (a que tinha vista para o quarto de Charley, como ele percebeu ironicamente) fora arrombada. As tábuas espessas pregadas pouco tempo antes tinham sido arrancadas aos trancos e agora se espalhavam de qualquer jeito pelo chão. Pela janela, o quarto de Charley parecia estar a milhares de quilômetros de distância.

Dandrige e Amy não estavam em lugar nenhum.

Peter foi até a janela, espiando a noite. Charley ficou no meio do quarto, abanando a cruz e a estaca, impotente, aos berros.

"Seu desgraçado!", gritou. "Onde ela está? *O que* você fez com ela?"

A resposta veio de outro andar acima, quando o som de alguma coisa pousando — algo pesado — reverberou até embaixo. Peter olhou para Charley.

"Ele está no sótão", disse. "Vamos."

• • •

À primeira vista, parecia um sótão típico. Enorme, com os longos caibros envoltos na escuridão, caixas e caixotes empilhados junto das paredes. Excrementos de roedores rangeram debaixo dos pés deles. Sentiram o odor mofado do tempo.

Peter tirou de dentro do casaco uma lanterna pequena de alta intensidade. Acendeu-a e um facho de luz talhou as trevas. Dezenas de formas lustrosas fugiram em busca de abrigo.

Ratos.

O sótão estava cheio deles. Pestinhas gordas e inchadas correndo pelos cantos, nas caixas, por cima daquela forma ao lado da janela quebrada...

Aquela forma!, pensou Charley. "*Nãooo!*", gritou, correndo pelo sótão. Os ratos se esconderam, gritando loucamente.

Era Amy. Estava embrulhada em um lençol e coberta por cacos de vidro, como se tivesse se jogado pela janela como um saco de batatas. Os ratos rastejavam à vontade por cima do corpo emborcado. Ela parecia morta ou muito, muito próxima da morte.

Choramingando, quase fora de controle, Charley espantou os roedores com as mãos nuas. Verificou o pulso dela e murmurou seu nome.

Ainda não morreu, pensou ele. *Mas tá quase lá.* Olhou para a janela estilhaçada e se voltou para Peter. "Aquele desgraçado, *cadê* ele?"

Dandrige estava de cócoras no telhado como um cata-vento medonho, com os olhos revirados na cabeça. Balançava para a frente e para trás, sentindo as gavinhas da consciência serpentearem e alcançarem sua semente. Abriu os lábios em uma carranca, exibindo os dentes.

"*Acorde, Amy! Acorde!*", sussurrou, sibilando. "*Eu ordeno! Levante-se!*"

Abaixo, no sótão, Peter deu um grito. "Charley, venha aqui, depressa!"

Charley se afastou de Amy e correu para junto de Peter. Não tinha notado o movimento das pálpebras dela, que se abriram, revelando o brilho vermelho.

(*Mostre o quanto você me ama, Amy.*) Em silêncio, ela se levantou.

(Mate-os. Mate os dois.)

Peter estava perto da janela. Diante dele havia um grande baú ornamentado. A lanterna iluminou a madeira polida e os acabamentos de latão. Charley olhou para ele. "Você acha que é dele?", perguntou.

Peter olhou para o baú, desconfiado. "Só existe um jeito de descobrir. Prepare-se. Temos que agir depressa."

Charley fez que sim, pegando a tampa. Peter firmou a estaca na mão, preparou-se e deu o sinal. Charley abriu a tampa com um puxão, Peter golpeou com a estaca...

... e empalou meia dúzia de lençóis.

"Merda", resmungou Peter. Charley olhou para ele com um meio-sorriso...

... e viu o impossível: Dandrige, pairando do lado de fora da janela, com a mão em garra recuada e pronta para atacar.

"Peter, *atrás de você*!", gritou.

O ator se virou e pulou em busca de proteção enquanto a mão estilhaçava o vidro. O garoto recuou por instinto.

E acabou exatamente nos braços abertos de Amy.

"*Charleeeey*", rosnou ela; sua voz era uma paródia da fala humana. Ela sorriu, rachando os lábios ao esticá-los por cima das presas recém-crescidas. Sua língua entrava e saía, seca e inchada.

Sentia muita, muita sede.

"AAAH!", berrou Charley. Caiu para trás e a estaca desabou no chão, mas Amy ainda o segurava. Ela caiu por cima do garoto, debatendo-se desajeitada à procura do pescoço dele. Seus olhos brilhavam como faróis de neblina, mas não viam nada.

"*Charleeeey...*"

De olhos arregalados, Peter ergueu a cabeça. Não viu Dandrige em parte alguma. Depressa, pegou a estaca no chão e se posicionou atrás de Amy, pronto a desferir o golpe fatal.

"*Peter!*", gritou Charley. "*NÃO!*" Amy, ainda fraca depois da transformação, estalou os lábios, ansiosa.

De longe, no andar de baixo, ouviu-se uma risada.

Uma gargalhada rouca e zombeteira.

Filho de uma puta, pensou Peter. E, invertendo a posição da estaca, deu um golpe certeiro na base do crânio de Amy.

Ela apagou como uma luz, desabando em cima do corpo estatelado de Charley. Ele a empurrou com delicadeza, mas não sem repulsa.

Ela tem um cheiro tão podre, pensou.

Peter o ajudou a se levantar. "Obrigado", disse ele, um tanto encabulado. "Você salvou minha vida."

"O prazer foi meu", respondeu o ator, radiante. "Agora, vamos encontrar aquele filho da puta. Não somos os únicos que estão ficando sem tempo." Virou-se e se dirigiu à escada.

Charley olhou o relógio de pulso. Cinco e cinquenta. "Onde você acha que ele está?"

Peter deu de ombros. "Ele não tem para onde ir, a não ser para baixo."

Charley e Peter chegaram ao saguão depois que o primeiro parou para baixar a tranca da porta do sótão. Não era a tranca mais resistente do mundo, e Peter a olhou com desdém. "Sabe, logo ela vai acordar", avisou, "e da próxima vez vai estar muito mais forte."

Charley fez que sim, amargo; a imagem de Amy morta-viva estava fresca em sua mente. A ideia de cravar uma estaca nela o deixava nauseado. Já a ideia de cravar uma em Dandrige o agradava muito.

Se conseguisse encontrá-lo.

Seguiram adiante em silêncio, Charley meio perdido em pensamentos, Peter um feixe de terminações nervosas ambulante e paranoico. Estavam a dez passos do alto da escada quando ouviram.

Bem baixo. E deliberado.

"O que foi isso?", perguntou Peter, ficando completamente imóvel. Charley prestou atenção, olhando para ele com ar inexpressivo.

"O que foi *o quê*?"

O som surgiu de novo, tão baixo que passaria totalmente despercebido a quem não estivesse atento. Um som de madeira rangendo em dobradiças de metal. Abrindo-se, depois fechando.

O som da porta da casa.

"Filho da puta!", gritou Charley, dando um salto brusco além de Peter Vincent. Voou escada abaixo, pulando três degraus por vez. No patamar, teve um vislumbre fugaz de sua presa.

Foi quando os dedos longos em forma de garras deslizaram graciosamente em volta da porta, fechando-a com um clique.

Deve ter levado cerca de dez segundos para chegar ao pé da escada ultrapassando os resquícios oleosos e espalhados do monstro-Billy. Mais três para alcançar a porta e abri-la, decidido a matar.

Mas seu alvo já tinha sumido.

"Saco!", gritou Charley. "Saco saco saco saco!"

Peter estava no alto da escada, olhando para baixo. "Charley", gritou, "saia de perto da porta! Pode ser uma armadilha!"

Charley quase desejou que fosse mesmo. *Qualquer coisa seria melhor que essa merda de esconde-esconde*, pensou.

"Dandrige, já que você é tão durão, mostra sua cara!", bradou ele.

Peter olhou para ele como se tivesse engolido estrume. "Charley", guinchou.

Mas Charley já estava farto. Girou para todos os lados como louco, brandindo a cruz.

"Dandrige! Aparece e me mata, se for capaz!"

"Charley, venha *aqui*!", gritou Peter, inflexível.

"Dandrige é *bundão e covarde*! Dandrige é um *nerd fracote*! Dandrige tem medo da *própria sombra*!..."

Foi interrompido no meio dos insultos quando todos os relógios na casa começaram a tocar em um uníssono dissonante, uma cacofonia de alarmes e badaladas, todos indicando o mesmo fato crucial: as horas.

Eram 6h em ponto.

Charley olhou para Peter Vincent, abrindo um sorriso maldoso. Peter olhou para ele como uma autêntica e severa figura paterna e estava prestes a dizer: *Charley, venha aqui para cima agora mesmo...*

... quando o enorme vitral da janela atrás dele se estilhaçou de fora para dentro, lançando um arco-íris de estilhaços cintilantes contra ele. Ergueu os braços para se proteger, agachando-se.

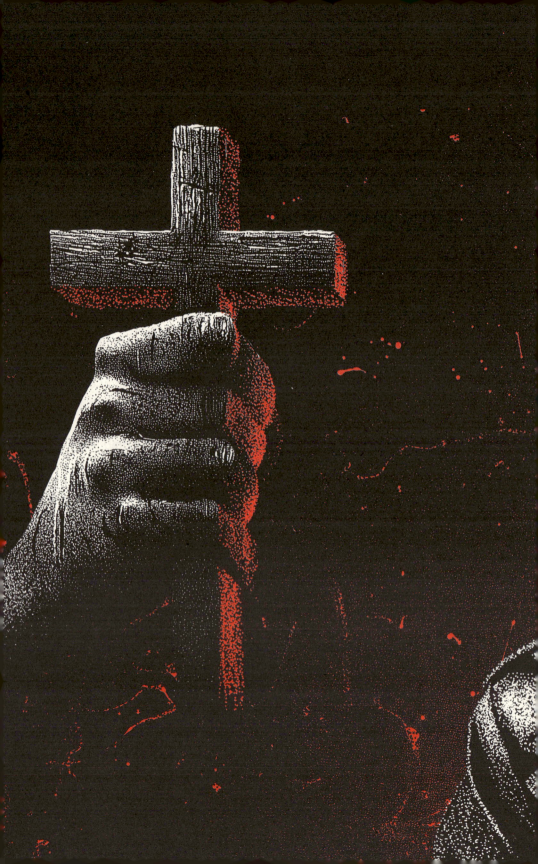

"Que indelicado", sibilou o vampiro, a poucos metros dali. "*Très, très gauche.*"

Peter Vincent estava boquiaberto de terror. Foi necessária uma força de vontade muito maior do que imaginava para conseguir ao menos falar. Sua voz saiu forçada e entrecortada. "Charley, fique bem aí", disse ele. "*É sério.*"

Dandrige deu uma piscadela condescendente. "Então", ronronou ele, "só nós dois, hein? Um confronto de homem para homem. Gostei." Deu uma cutucada conspiratória, rodeando-o, preparado para matar.

Em um reflexo, Peter sacou a cruz, brandindo-a com o braço estendido. Dandrige abriu um sorriso largo. "Já falei. Para isso, precisa ter fé... Seu. Velho. Patético."

Continuou, então, sua voz cortando o ar como uma navalha: "Vou lhe contar uma coisa sobre a minha espécie. Sem dúvida, vai achar essa informação absolutamente cativante. Matamos por três motivos: alimento, procriação e esporte. O último é sem dúvida o mais doloroso. E assim será a *sua* morte, sr. Vincent".

Dandrige avançava, cada vez mais próximo, as palavras degradantes e ao mesmo tempo hipnóticas. O mundo pareceu se fechar ao redor de Peter conforme o vampiro falava, tornando-o indiferente a tudo, menos às palavras dele, à boca...

Aos dentes.

E foi então que, quando estava prestes a perder todo o controle, ele *viu*. E o reconhecimento do que viu o fez voltar a si, recuperando o juízo.

Ver aquilo o fez achar toda aquela situação muito, muito engraçada. Queria que o vampiro também visse.

Dandrige sentiu que alguma coisa saiu sutilmente dos eixos. Em um momento, o velhote era um peão em seu poder; no seguinte, estava desperto, consciente...

... e *sorria*.

Peter Vincent estava radiante como um filho único na manhã de Natal. A cruz pareceu pesar mais em suas mãos. Ele a abaixou um pouco, pigarreando.

"Sr. Dandrige", disse, "hoje fiz muitas descobertas de valor inestimável. Primeiro, que o senhor é, acima de tudo, um paspalho insuportável; segundo", e deu uma piscadela, "até um *velho patético* vive um dia de glória. Olhe para trás."

Com um horror crescente, Dandrige se virou para ver os primeiros sinais rosados da aurora surgirem sobre os telhados da vizinhança. Deu um gritinho primitivo e virou-se, encarando Peter Vincent. O ator ergueu a cruz, e uma minúscula centelha do amanhecer *ricocheteou* nela como agulhas incandescentes fincadas nos olhos de Dandrige.

"Nããão...", sibilou ele, fugindo. Correu até a escada apenas para encontrar Charley no fim, com sua própria cruz impondo um obstáculo impenetrável.

"Peguei ele!", gritou o garoto.

Foi então que ouviram o som de gritos e arranhões vir pelo corredor. Do sótão.

"Amy...", disse Charley, vacilando. Passou por um instante de indecisão.

E, nesse instante, Dandrige pulou.

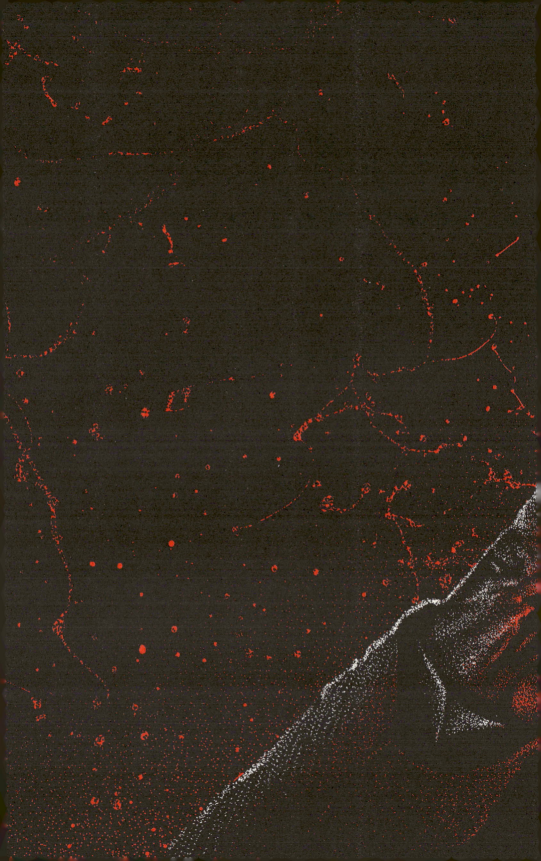

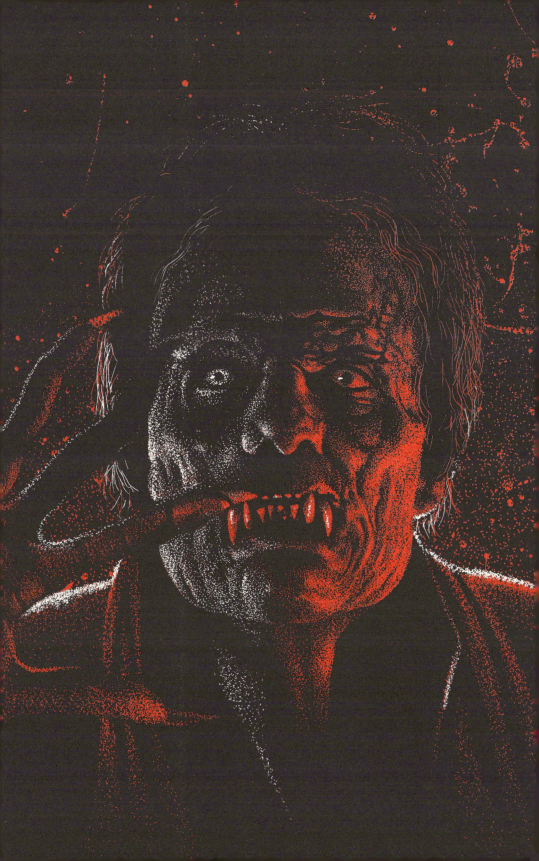

27

Segundo sua própria estimativa, Charley tinha vivenciado aproximadamente 3 mil e quatrocentas horas de filmes de terror e sanguinolência em sua breve vida. Vira coelhos carnívoros gigantes, crianças de 12 anos sofrendo os espasmos da possessão demoníaca, cachorros partidos ao meio transbordando os tentáculos de parasitas alienígenas, um desfile interminável de vampiros, psicopatas e aberrações sedentas por sangue. Vira efeitos especiais que iam do insanamente cômico ao espantosamente autêntico.

Nada disso o havia preparado para a visão de Jerry Dandrige pulando de cabeça em sua direção e *se transformando* no caminho: os braços se contorcendo e esticando na forma de asas incrivelmente grandes, com no mínimo dois metros e meio; as pernas decrescendo no meio da queda, murchando até se tornarem minúsculos apêndices em forma de gancho; o corpo ganhando pelos ao mesmo tempo que encolhia.

E o rosto dele...

... o rosto era o pior de tudo. Liderava o ataque, a boca escancarada, aos berros, descendo e descendo.

Charley se abaixou na última hora e o monstro-morcego o atingiu de raspão, saindo com um pedaço sangrento de couro cabeludo. Charley gritou, agarrando a cabeça. O monstro-morcego fez um arco no ar em direção ao domo do teto, virou-se, mergulhou de novo...

... e avançou diretamente contra Peter Vincent, que descia a escada. A criatura o derrubou como um pino de boliche, atracando-se ferozmente ao pescoço dele, com dentes, garras pequeninas e asas que batiam em fúria.

Caíram amontoados no chão, Peter resistindo ao ataque em desespero, a criatura arranhando-o e tentando atingir um ponto vital. Charley correu para lá, agarrando-a brutalmente pelas asas...

... e o monstro-morcego o atacou, mordendo, cravando os dentes na mão dele e sacudindo-a como um Pit Bull sacode um rato, jorrando sangue quente e escuro. Charley caiu para trás uivando de dor e o monstro-morcego se voltou para Peter Vincent, parando apenas uma vez para lançar a cabeça para trás...

... e *rir*! Uma gargalhada insana e impossível que irrompeu de seus pulmões diminutos enquanto aquela visão de pesadelo se voltava para o corpo prostrado abaixo dela, os olhos radiantes e enlouquecidos pela sede de sangue...

... completamente inconsciente dos raios suaves e luminosos do sol da manhã, que desciam pouco a pouco os degraus.

O sol mortífero.

Em meio à dor, Charley ergueu o rosto e viu Peter no limite, incapaz de continuar lutando. Triunfal, o monstro-morcego ergueu a cabeça...

... e os primeiros raios de sol o atingiram em cheio no rosto.

Seu grito foi um lamento estridente e hediondo. Afastou a cabeça enquanto um dos lados dela torrava sob a exposição prolongada. O monstro se afastou de Peter Vincent e voou pela sala em direção ao porão, derrubando móveis e bugigangas no caminho. Deixou um rastro espesso e acre de fumaça, com cheiro de criaturas mortas e deixadas ao sol por muito tempo.

Charley rastejou até Peter Vincent, que tossia, deitado no sol caloroso. "Meu Deus, Peter, você tá bem?", perguntou. O ator fez que sim, contundido e arranhado, mas, milagrosamente, sem ferimentos graves.

Olharam ao redor; a quietude súbita era absolutamente enervante. Peter gemeu. "Charley, me ajude a levantar", pediu. "Não temos muito tempo."

Feridos e desgrenhados, foram até a porta do porão. Sem saber que mais uma coisa havia descido até lá pelas sombras de uma escada nos fundos.

Uma coisa transformada.

Crescente.

E muito, muito faminta.

28

Desceram a escada até o porão mais ou menos com o mesmo entusiasmo com que Dante ingressou no Inferno. A escuridão era total; só a lanterna de Peter proporcionava um pouco de visibilidade. Criava faixas nas trevas, revelando uma miscelânea de móveis embolorados, todos cobertos por lonas pesadas. Adiante ficava o que pareciam ser quatro janelas enormes, tapadas por cortinas blecaute bem fechadas.

E havia ratos. A lanterna iluminou os corpos ligeiros que corriam de um lado para o outro naquela fileira de antiguidades, espichando os bigodes por dentro de nichos e prateleiras de livros, indignados com a invasão. Eram poucos — não chegavam a ser uma horda —, mas bastavam para preservar a aura de decadência.

Não havia, porém, nenhum caixão. Depois de passar o facho de luz várias vezes, Peter não viu o menor sinal de Dandrige. Nem do caixão dele.

Charley ficou ao lado dele na escuridão, segurando um lenço em seu couro cabeludo. O ferimento não era profundo, graças a Deus, mas tinha sangrado, e finos riachos escorreram e secaram nas bochechas.

Os dois se entreolharam e, sem dizer nada, começaram a arrancar as lonas dos móveis. Encontraram vários espelhos (obviamente, tirados de móveis dos andares superiores), uma cômoda muito imponente, um armário e diversos objetos dignos de um antiquário de luxo.

E nada de caixão.

Só então Peter notou a *quantidade* de ratos. Ratos por toda parte, mas uma boa parte deles parecia interessada no armário. Ele se abaixou até o chão, apontando a lanterna para baixo do móvel.

Arregalou os olhos até não poder mais.

"Charley, me ajude a tirar esse negócio!" Seguraram o armário sem pensar demais, *levantando-o...*

...e os ratos jorraram como uma enchente, roliços e desconfiados. Charley e Peter ficaram olhando, murmurando *Meu Deus do céu* ao mesmo tempo.

Era uma alcova, minúscula e opressiva. As paredes de pedra eram frias e mofadas. Mais uma janela, coberta com tijolos pouco antes, adornava uma das paredes (*Pelo jeito não tiveram tempo de cobrir as outras*, pensou Charley).

Havia ratos por toda parte, centenas deles, chilreando e guinchando em protesto contra a invasão. E dois caixões: um ornamentado, feito em madeira de lei com acabamentos em latão; o outro simples, pouco mais que uma caixa grande de madeira. Peter examinou o caixão inferior, tocando o solo. Havia alguma coisa lá dentro. Com cuidado, retirou o objeto, apontando a lanterna para ele. Era uma jaqueta.

A jaqueta de Amy.

Charley gemeu ao vê-la. Na loucura dos minutos anteriores, quase tinha se esquecido da garota. Lançou um olhar apreensivo a Peter, sussurrando o nome dela.

Como se em resposta, a escada rangeu. Charley começou a voltar pela escuridão, rumo à porta. Peter o chamou, na esperança de detê-lo.

Não teve sorte. Em um instante, as sombras o engoliram. Peter correu até o outro caixão, agarrando a tampa com as mãos trêmulas...

...apenas para descobrir que resistia. Os fechos se abriram sem dificuldade, mas era óbvio que algum mecanismo interno o travava. Assim, fez o que qualquer caçador de vampiros que se preze faria em tais circunstâncias.

Arrombou a fechadura.

Charley foi em frente, tateando a escuridão com cuidado, temendo aquilo que encontraria e temendo ainda mais não encontrar.

Aquilo: a garota que ele amava, a futura e eterna sra. Charles Brewster. Prosseguiu, os olhos se adaptando devagar às trevas. Não conseguia suportar: a dor, a perda, a destruição do carro, dos amigos, da vida amorosa... da sua vida *inteira*. Era demais. Era insuportável.

Aquilo tudo era...

Aquilo estava bem diante dele, chamando seu nome.

"*Charleeeey...*"

Ele recuou depressa. Amy pareceu ficar magoada. Uniu as mãos junto do pescoço em um gesto coquete. "Não fica com medo, Charley", ronronou ela. "Sou eu. Amy..." Sua voz sumiu aos poucos.

Ela avançou devagar, exibindo uma sensualidade exuberante com que ele nunca se atrevera a sonhar. Os olhos dela chamejavam, encarando-o, avermelhados e horríveis, mas, ainda assim... meigos. Sim, meigos e cheios de desejo. *Ela me quer.* Esse pensamento surgiu na mente dele por conta própria, palpável.

Amy sorriu, astuta, desabotoando a blusa enquanto falava. Charley ficou olhando, incrédulo. Por baixo, ela estava nua. Passou as mãos da barriga até os seios em um gesto lânguido e convidativo. "O que foi, Charley? Você *não me quer* mais?"

Queria, sim. Ele sentiu que começava a ceder, que queria se jogar, entrar de cabeça na... carência dela. Ela havia mudado: era uma fruta madura pendurada na frente de um homem faminto. Tinha um aroma doce de orquídeas recém-florescidas. Os seios estavam fartos e pesados, reagindo ao toque dela, os mamilos rígidos como dedais. A barriga era firme e lisa, o monte pubiano...

Amy pegou a mão dele com delicadeza e a levou até lá, ondulando os quadris, uma prévia das próximas atrações. Charley gemeu e caiu nos braços dela, apertando-a contra seu corpo. *Nada mais importa. Nada além disso, para sempre e...*

Ele abriu os olhos para encarar sua amada. "Ah, Charley", murmurou ela. "Eu amo vocêêêêê..." A visão de Charley ficou turva, começando a escurecer. Mas não antes que ele se visse no espelho.

De pé, com os braços envolvendo o nada, se esfregando no ar diante dele.

A realidade se derramou sobre ele como um balde de água gelada. Afastou-se dela, empunhando o crucifixo. Ela sibilou feito óleo frio em chapa quente, escondendo o rosto com as mãos.

"A culpa *não é minha*, Charley. Você *prometeu* que não ia deixar ele me pegar. Você *prometeu*..."

Ela começou a chorar. Charley vacilou, arrasado pela culpa. "Amy, me desculpa", sussurrou, baixando a guarda.

E Amy se virou, arreganhando os dentes e desferindo um golpe com as delicadas garras da mão para derrubar a cruz, que sumiu girando nas sombras. Charley nem viu o que o atingiu.

Ela abandonou o fingimento, avançando na direção dele devagar, como um lobo faminto contra um cervo acuado. Segura de si.

Na certeza do abate.

"Pois é", disse ela, sorrindo. "Mas você vai servir."

Peter Vincent ouviu a comoção e entendeu o que estava acontecendo. Rezou para que Charley aguentasse mais alguns instantes, até que conseguisse abrir o caixão. Olhou para o caixão dela, a alguns passos. Em desespero, aproximou-se e deu um pontapé nele. Derrubou-o no chão com um estrondo, espalhando terra por toda parte.

Um grito atravessou a escuridão, um berro animal de medo e indignação. *Ótimo*, pensou ele.

A fechadura se rompeu. Peter abriu a tampa de uma vez, com a estaca na mão.

Dandrige jazia em seu caixão. Não respirava nem se mexia. Toda a lateral esquerda do rosto era uma massa de carne queimada, o cabelo incinerado, a pálpebra murcha.

Uma prévia das próximas atrações, pensou Peter, e baixou a estaca com força...

... enquanto o vampiro estendia o braço, agarrando o idoso pela garganta. Seu único olho faiscava um ódio bruto e primitivo. A estaca errou o alvo, cravando-se no ombro do vampiro quando ele se sentou no caixão, erguendo Peter a vários centímetros do solo e *jogando-o*...

Amy gritou como um gato pisando em brasas, saltando sobre Charley. Ele caiu em cima de um espelho, derrubando-o no chão, onde se partiu em milhares de fragmentos. O garoto caiu com força e rastejou para trás feito um caranguejo, cortando-se nos cacos, de novo e de novo...

• • •

Peter Vincent desmoronou chocado em cima dos restos do caixão de Amy. Dandrige se levantou, o retrato de um deus sombrio, pronto para se vingar dos infiéis profanadores. Arrancou a estaca do ombro e a jogou, com a ponta ainda fumegante, do outro lado da sala.

Peter recuou contra a parede, com a mente girando. Dandrige fez uma carranca horrenda.

"Estou *farto* de você", rosnou o vampiro. "Você já era, meu amigo." Ficou bem acima de Peter, abaixando-se para recolhê-lo do chão...

... enquanto Amy rastejava até Charley. O sangue dele, escorrendo de uma dezena de lacerações pequeninas, era irresistível. Ela lambeu os lábios como um cachorro em um comercial de ração. Rastros finos de saliva escorriam pelos cantos da boca.

Charley recuou até uma pilha de lonas e se arrastou por cima delas até ficar contra a parede. Estendeu as mãos em ambas as direções, como se esperasse se achatar ali até desaparecer. Amy agarrou os tornozelos dele, estalando os lábios com sons pavorosos.

E com a mão esquerda Charley encontrou algo macio.

Algo espesso.

A cortina blecaute.

Dandrige agarrou Peter bruscamente pelas lapelas. O ator se debateu em busca de qualquer coisa: uma arma, uma prece...

E encontrou ambas.

Dandrige o ergueu diretamente do chão, aproximando-o da bocarra aberta...

... e Peter Vincent, o grande caçador de vampiros, cravou um pedaço de trinta e cinco centímetros do caixote de madeira no peito dele.

Dandrige parou no meio de um rosnado e arregalou o único olho, surpreso, em agonia. Peter se desvencilhou dele. Conseguiu enxergar vagamente o que estava acontecendo do outro lado da sala.

• • •

Charley deu um chute no rosto de Amy, atingindo-o de lado. Ela recuou e Charley puxou...

A cortina se abriu com um som de rasgo, lançando um estreito raio de luz que cortou a escuridão...

... até as costas de Jerry Dandrige.

A luz atingiu o vampiro como um trem de carga, jogando-o contra a parede de pedra e pregando-o lá, fumegando, uns bons trinta centímetros acima do chão. Ele se contorceu como uma lesma debaixo de uma lupa. Um uivo lastimoso e infinito saiu das profundezas de seu ser.

"NÃÃÃÃÃO!!!"

Grito que Amy ecoou, rouca, enquanto olhava para lá, horrorizada, e seus olhos ficavam opacos, cegos de terror. Charley pulou para a frente, estendendo a mão por trás dela para pegar outra cortina. Puxou-a com as duas mãos, arrancando-a por completo, e a luz inundou a sala. Pegou a cortina caída e a jogou por cima de Amy, protegendo-a. Ela se encolheu em posição fetal enquanto o tecido pesado abafava seus gritos.

A luz atingiu os cacos de vidro, disparando inúmeros reflexos em todas as direções, raios emaranhados de cor e luz purificadoras.

"Te *peguei*, seu filho da puta!", gritou Charley, triunfal, encarando Dandrige.

O vampiro lançou a ele um último olhar maligno.

Viu apenas a própria morte.

Não viu nada.

Em seguida — diante de Charley, de Peter e do Deus Todo-Poderoso — Dandrige começou a queimar.

Não demorou muito. Ele pareceu se encher de luz: um brilho nítido e esverdeado que começou no fundo do próprio corpo. O brilho tomou conta dele até parecer que estava prestes a estourar, inflando o peito, esticando os membros até o limite, deixando-os rígidos de agonia.

Depois, começou a vazar dos poros: agulhas ardentes de luz que não paravam de sair, intercalando-se com os incontáveis prismas que se refletiam no piso do porão.

E ele foi derretido, carbonizado e convertido em cinzas, tudo dentro de um minuto. Ainda pregado à parede da alcova.

Ficou acordado durante toda aquela agonia; acordado e consciente.

Seus gritos se apagaram como uma vela.

E foi o fim.

Peter e Charley estavam em cantos opostos da sala, suando, ofegando e olhando um para o outro em uma descrença triunfal, como se fossem os únicos dois sobreviventes da queda de um avião. Olharam então para o monte coberto pela cortina blecaute. Charley se aproximou, temendo olhar por baixo do tecido.

Temendo, também, não olhar.

Com cuidado, ele a ergueu. Peter ficou olhando, coberto por uma espessa camada de cinzas que haviam sido Jerry Dandrige, e esperou. Charley olhou para ele com uma expressão insondável, completamente esgotado.

"Peter", disse ele. "Chama uma ambulância."

EPÍLOGO

O comercial de sorvete estava passando de novo. Às vezes parecia nunca ter deixado de passar. Havia noites em que Charley acordava gritando — não com imagens de Dandrige, Billy e Amy, mas com a voz do locutor grasnando em seus ouvidos.

Voltava a se deitar na cama, apoiado em uma pilha de travesseiros, a camisa aberta e as calças também. Seus muitos ferimentos já estavam curados, embora a maior parte tivesse deixado cicatrizes que nunca desapareceriam totalmente. Por isso, e por muitos outros motivos, agora gostava de deixar as roupas mais abertas.

Ficar deitado lá, como fazia muitas vezes, o levava a pensar na noite em que tudo tinha começado: nos malditos fechos do sutiã e abraços frustrados, em Amy se afastando enquanto ele mergulhava de cabeça. A visão dos caixões sendo carregados ao luar ainda estava lá, claro. Mas era na virginal Amy Peterson que ele pensava com mais frequência, e na forma relutante, mas firme, como resistia ao ardor dele.

Isso era algo que ele nunca mais veria.

O vendedor de sorvete com voz de sapo e seus produtos desapareceram da tela, graças a Deus. Foram substituídos, não graças a Deus, pelos panacas de Barney, o Rei dos Tapetes. Charley estava convencido de que a programação da TV tarde da noite era uma dobra no tempo se repetindo infinitamente. Apesar do fluxo constante da vida e da morte, Barney continuaria a vender tapetes mais baratos, a cada cinco minutos, no Canal 13.

Fechou os olhos e se deixou deslizar de volta à noite do fim...

O desfecho tinha sido quase tão lunático quanto os acontecimentos que levaram a ele. De alguma forma, Charley e Peter conseguiram levar Amy até a casa dos Brewster, onde a ambulância deveria buscá-los. A exposição ao sol não pareceu piorar nem melhorar a situação dela. Ele e Peter também não estavam no melhor dos estados.

Tinham se esquecido completamente de Eddy Abo. Às vezes, doía pensar naquilo: como seu amigo de outros tempos tinha sofrido uma morte horrível para logo sumir da mente de praticamente todo mundo. Charley nem soubera daquela morte; na época, não tivera muito tempo para falar do assunto.

A sra. Brewster havia chegado em casa e encontrado a porta aberta, o corrimão quebrado, a mesa de bugigangas demolida e uma poça disforme de gosma debaixo da escada. Naturalmente, chamara a polícia, sem saber que seu filho já estava meio que sob a custódia das autoridades.

E as perguntas! Ah, as perguntas! Não davam o menor sinal de que um dia acabariam. O bom e velho tenente detetive Lennox fizera tudo a seu alcance para encher as horas seguintes de alegria. As proezas do famoso caçador de vampiros Peter Vincent não o impressionaram muito.

Sete horas depois, quando a polícia finalmente os havia liberado a contragosto, tinham voltado para o hospital bem a tempo de descobrir o destino de Amy.

Ele abriu os olhos ao som da música-tema de *A Hora do Espanto*: a sempre popular *Tocata e Fuga em Ré Menor*, de Bach. O conhecido logo gotejando sangue se sobrepôs a cenas familiares de Karloff, Lugosi e duas gerações de Chaney.

Seguidas do mesmo cenário de cemitério, velho e cafona. Seguido do novo e impressionante apresentador do programa.

Depois que Peter fora despedido, um dos contrarregras sabichões tinha decidido tentar a sorte como apresentador de terror. Dentro de três dias, metade da população adolescente de Rancho Corvallis armara um protesto. A reação tinha assustado os gerentes da emissora. O contrarregra voltara a fazer suas piadinhas nas sombras.

O novo apresentador era bem mais alto do que o velho Peter Vincent. Apesar do colar cervical, tinha uma presença muito mais formidável. A autoconfiança absoluta que se exibira em todos aqueles filmes antigos estava de volta.

"Boa noite", disse Peter no seu melhor estilo, "e boas-vindas à *Hora do Espanto*. O thriller terrível de hoje levará vocês não para o além-túmulo, mas além das estrelas, quando John Agar e Leo G. Carroll defendem a terra contra monstros do espaço em *Marte Quer Carne*...!"

"Meu bem?", chamou a mãe de Charley, batendo à porta com delicadeza. Ele levou um susto, só um sustinho, e a pessoa a seu lado se mexeu.

"Que foi, mãe?", respondeu, fechando a calça com a mão livre. Nem pensou que ela entraria, mas nunca se sabe.

"Estou indo dormir, filho. Graças a Deus existe Valium." Ele a ouviu tentar reprimir um bocejo enorme; depois, deu uma risadinha. "Boa noite, meus amores!"

"Boa noite, mãe."

"Boa noite, sra. Brewster", disse uma terceira voz, tímida, ao lado dele.

Fazia algum tempo que a situação estava incerta. Além da imensa perda de sangue e das milhares de lacerações (os dois buracos no pescoço, acima de tudo), ela também recebera pancadas nas costas e na cabeça, e fora atirada de uma janela. Tinha se recuperado com uma rapidez considerável, mas mesmo agora, quase três meses depois, ainda havia alguns pontos no corpo dela que ele tomava cuidado para não tocar.

Só alguns. Eram bem fáceis de contornar.

Amy suspirou e se enrolou em volta dele. Ele suspirou e a abraçou com força. A blusa dela estava aberta, e o decote muito aprimorado que Jerry Dandrige lhe dera apertou deliciosamente o peito nu dele. *A única parte boa de tudo isso*, pensou ele, feliz.

Havia tirado o sutiã dela com muita destreza três horas antes, tendo dominado aquela arte nas últimas semanas de prática. Na verdade, essa noite, já tinham feito amor duas vezes, e, pela forma como ela o estava olhando, havia uma grande chance de estarem prestes a fazer de novo...

"Ah, Charley!", sua mãe os interrompeu de novo, dessa vez no corredor. "Você viu que tinha umas luzes acesas de novo na casa do vizinho? Juro que não entendo por que as pessoas esperam até o meio da noite pra fazer a mudança! Era de se esperar que estariam *exaustas* a essa hora..."

"*Puta merda*", sibilou Charley em voz baixa. Amy revirou os olhos e deu de ombros. Ele deu um beijinho na testa dela, se levantou e foi até a janela.

Diretamente do outro lado, na janela que antes era a do quarto de Dandrige, um par de olhos vermelhos e sinistros o encarava.

"Não", gemeu ele, com o coração martelando o peito enquanto as luzes vermelhas piscavam uma vez, depois duas. Amy se levantou e foi depressa até o lado dele...

... enquanto as luzes voltavam a piscar, virando-se velozmente para a esquerda e desaparecendo...

... e o trailer de mudança, hesitante, dava a ré na entrada da garagem, com as lanternas traseiras piscando uma última vez e se apagando por completo. Um homem de meia-idade e aparência inofensiva, calça cáqui e jaqueta jeans saiu do carro que rebocava o trailer. Pela janela da sala de estar via-se a família dele, de aparência igualmente inofensiva.

Amy deu um suspiro de alívio e abraçou Charley bem apertado. "Que susto você me deu agora há pouco."

Ela se aconchegou no pescoço dele. "Agora, *por favor*, volta pra cama."

Charley ficou parado, rígido e inseguro, olhando para a janela. O fantasma do grito de uma mulher ecoou em sua mente. "Não sei, não, gata", arriscou-se a dizer, hesitante. "E se ainda tiver alguma coisa lá dentro? E se...?"

Amy abriu a blusa e roçou os seios nus nas costas dele.

"Aí você encara, gostosão." Ela sorriu. "Enquanto isso, encara isso aqui."

Charley gemeu e se voltou para ela. *Eram só as luzes do trailer*, disse a si mesmo. *Claro.*

Mas e se...?

Então Amy fez algo extremamente agradável, e a pergunta deixou de ser relevante. *Aí você encara, gostosão*, tinha dito ela, com toda a confiança.

E, se fosse necessário, encararia mesmo.

"Tá", sussurrou ele, estendendo a mão para fechar as cortinas.

E os dois voltaram para a cama.

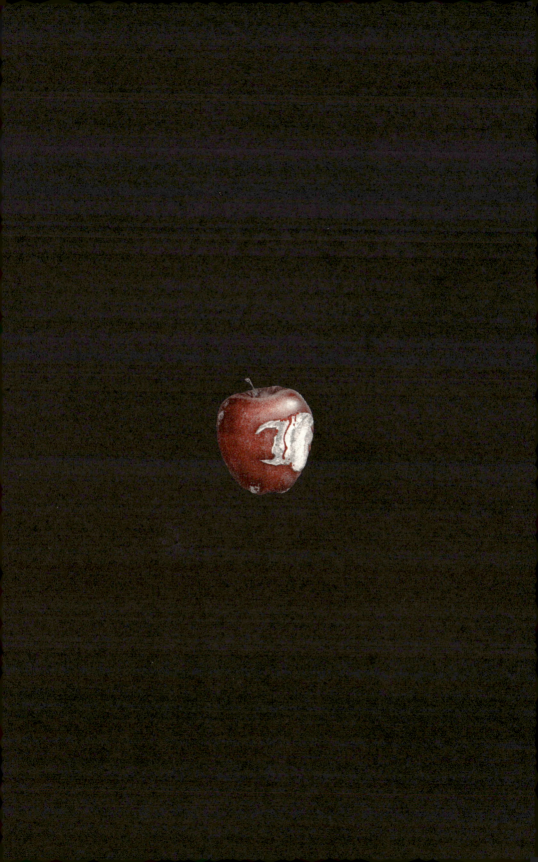

POSFÁCIO MACABRO

QUANDO O MAL MORA AO LADO:
VAMPIROS, ANOS 1980 E A HORA DO ESPANTO

Criaturas imortais que desafiam os limites entre a vida e a morte, os vampiros existem há muito mais tempo do que o cinema em si. Enquanto a sétima arte foi inventada ao final do século XIX, tais seres já habitavam há muito tempo os contos populares e folclóricos que eram passados de geração para geração. Enxergando o potencial destes personagens sobrenaturais, inúmeros escritores os levaram para a literatura, desenvolvendo narrativas clássicas como *Drácula* e *Carmilla*. Com o advento do audiovisual e seus efeitos especiais, não demorou muito para que os vampiros migrassem para as telonas, cravando seus dentes nos pescoços de espectadores ávidos e se transformando em um dos pilares dos monstros cinematográficos.

Convenhamos, é muito difícil pensar em cinema de terror sem pensar em vampiros. Eles são parte essencial do gênero desde que *Nosferatu*, uma adaptação não autorizada de *Drácula*, chegou nas telonas apresentando ao mundo o monstruoso Conde Orlok, que conquistou um lugar no imaginário popular com seus dentes afiados e orelhas pontiagudas. Era o início de uma bela e longa história de amor entre o cinema de terror e os vampiros.

Entretanto, você deve estar se perguntando: o que tudo isso tem a ver com *A Hora do Espanto*? Bem, na verdade, tem tudo a ver. Em 1985, quando a história de Charley Brewster chegou aos cinemas, os vampiros estavam em uma situação *delicada*. Presentes há tanto tempo no terror, havia décadas que eles reinavam no gênero, incorporando não apenas uma ameaça suprema, mas também representando tropos atemporais, como o medo da morte e o fascínio pelo sexo. No entanto, nos anos 1980 eles haviam finalmente encontrado adversários à altura: os assassinos mascarados dos filmes slashers.

Michael Myers, Jason Voorhees, Freddy Krueger e inúmeros outros passaram a povoar as telonas, perseguindo implacavelmente os adolescentes desavisados e aumentando o nível de sangue e violência no cinema. Os slashers se mostraram uma fórmula de sucesso, conquistando não apenas o coração dos fãs, como também faturando alto nas bilheterias. Talvez, pela primeira vez em anos, os vampiros estavam fora de moda. Os espectadores queriam algo diferente. Queriam ameaças mais próximas de casa. Mais plausíveis, mais violentas e mais jovens. Não criaturas presas em um passado distante ou enfurnadas em algum castelo decadente. Ninguém explicita melhor isso do que o próprio Peter Vincent em A Hora do Espanto, que desabafa frustrado sobre sua demissão: "Fui demitido. Fui demitido porque, ao que parece, ninguém mais quer ver caçadores de vampiros. Nem vampiros, aliás. Pelo jeito, só querem ver loucos desvairados correndo por aí com máscaras de esqui, mutilando belas mocinhas virgens". Peter Vincent tem razão, afinal estamos falando dos anos 1980. Os vampiros, condenados a viver para sempre, sobreviveram ao longo das décadas, mas perderam espaço e popularidade para os assassinos slashers que somavam pilhas de adolescentes mortos e sequências cada vez mais violentas e lucrativas.

Paralelo a essa tendência no terror, o cinema como um todo parecia cada vez mais interessado em histórias voltadas para adolescentes e jovens adultos. Em 1984, por exemplo, um ano antes de *A Hora do Espanto* chegar aos cinemas, o cineasta americano John Hughes roteirizou e dirigiu *Gatinhas e Gatões*, o qual foi sucedido por uma leva de filmes centrados em dramas e relacionamentos adolescentes, como *O Clube dos Cincos* e *A Garota de Rosa-Shocking*.

É dentro desse peculiar contexto que temos *A Hora do Espanto*. Por um lado, os estúdios precisavam modernizar os vampiros. Por outro, o público clamava por filmes mais jovens e atuais, que incorporassem em suas narrativas a estética extravagante da década. Os anos 1980 trouxeram assim inovações não apenas na música e na moda, mas também nos vampiros. Era hora de desbravar um caminho inédito. Era hora de abraçar novas atitudes, novos estilos e novos visuais. Tudo isso junto de efeitos visuais inovadores. O vampiro ainda era monstruoso, mas também era *sexy*. Era *divertido* e *descolado*.

Desde o início, *A Hora do Espanto* entendeu sua missão. Era necessário mesclar o terror vampiresco com o tom cômico das narrativas adolescentes da época. Como você acabou de ler, a história era relativamente simples: um jovem torna-se obcecado pelo vizinho que se mudou recentemente para a casa ao lado e fica convencido de que ele é um vampiro. O vizinho, por sua vez, decide morder todo mundo, mirando na mãe e na namorada do jovem. Foi com esses elementos que o cineasta e roteirista Tom Holland, em sua estreia na direção, não apenas entregou uma das melhores comédias da década como também um dos filmes de vampiros mais icônicos já feitos.*

No entanto, engana-se quem acha que *A Hora do Espanto* é apenas mais um filme sobre um vampiro que se muda para a casa ao lado de um adolescente. *A Hora do Espanto* é muito mais que isso. É um filme sobre um vampiro que se muda para a casa ao lado de um adolescente *fã de filmes de vampiros*. É um filme de vampiro que brinca com a situação atual do subgênero. Ninguém acredita quando Charley afirma que seu vizinho é um vampiro porque, cá entre nós, ninguém na época estava muito interessado em vampiros. Nem o cinema, nem os espectadores e muito menos os personagens deste universo fictício. Esse tom autorreferencial acompanha o longa desde o seu início. Muito antes de *Pânico* comentar sobre a situação dos slashers nos anos 1990, o roteiro de Tom Holland fez isso com os filmes de vampiros. Contudo, o que

---

* Vale lembrar que em 1988, Holland atacou o mundo do terror novamente com *Brinquedo Assassino*, que, com o roteiro de Don Mancini, deu início ao reinado de um dos maiores ícones do gênero: Chucky.

torna *A Hora do Espanto* tão genial é que, assim como *Pânico*, o filme possui a habilidade de comentar sobre outras produções do subgênero, como as da Hammer, por exemplo, ao mesmo tempo em que se insere no ciclo de vampiros no cinema, aderindo a diversos temas clássicos como a narrativa do vampiro que procura a reencarnação de seu amor há muito tempo perdido (tema deixado de fora desta novelização). Essa metanarrativa não apenas fornece um alívio cômico, como permite que o filme explore o contraste entre a tradição dos vampiros na ficção e o genuíno terror enfrentado pelos personagens. Desta forma, *A Hora do Espanto* consegue equilibrar o clássico com o moderno, o passado com o presente, o terror com o humor adolescente.

Começando com a famosa cena do "adolescente pervertido", um jovem heterossexual que espiona alguém pela janela, tipicamente o quarto de uma jovem garota ou um vestiário cheio delas, o filme faz um aceno ao clássico *Janela Indiscreta* de Alfred Hitchcock. Desta forma, nostalgia e inovação são constantemente alternados no filme. Ao mesmo tempo em que permanece próximo do modelo clássico de vampiro, com referências à *O Vampiro da Noite*,** produção de 1958 da Hammer que marcou a primeira aparição de Christopher Lee como Drácula, *A Hora do Espanto* também moderniza tropos consolidados do subgênero, lembrando, por exemplo, que vampiros também podem se transformar em outras coisas para além de morcegos, como névoas e lobos.

No entanto, enquanto manteve os marcadores gerais de uma história clássica de vampiros, o longa trouxe transformações em sua fórmula para dialogar com a personalidade e o tom dos anos 1980. O melhor representante disso é Jerry Dandrige, interpretado por Chris Sarandon. Enquanto um parente distante de Drácula ou o equivalente contemporâneo de um aristocrata morto-vivo, Jerry não se parece com um vampiro e não está apodrecendo em um castelo no Leste Europeu. Ele não parece um conde da Transilvânia ou um Nosferatu monstruoso. Pelo contrário, Jerry se parece exatamente com o cara da casa ao lado. Ele é

** Um bom exemplo é a cena em que Evil Ed (aqui, adaptado como Eddy Abo) tem sua testa marcada por uma cruz, momento que se assemelha com o que acontece com Lucy Holmwood em *O Vampiro da Noite*.

mundano e sofisticado, vivendo o ideal do subúrbio norte-americano e utilizando de seu charme para conquistar a mãe de Charley, seu melhor amigo e até mesmo a sua namorada. Da mesma forma que alguns anos antes os slashers deslocaram sua ameaça para o cotidiano do espectador, *A Hora do Espanto* pegou um monstro clássico do terror e o colocou no centro do subúrbio americano moderno. Esqueça castelos em ruínas e trajes antiquados, os vampiros agora moram ao nosso lado, vestem as roupas da última moda e frequentam as baladas mais descoladas.

Com Jerry representando a modernização do vampiro, poderia se argumentar que o filme ridiculariza os tropos mais antigos dessas criaturas. No entanto, isso está longe de ser verdade. Se Charley e Peter Vincent, cujo nome remete aos atores Peter Cushing e Vincent Price, são inicialmente vistos como uma piada, presos a um passado nostálgico do cinema de terror e dos vampiros, também são eles quem têm todo o conhecimento tradicional para combater e se livrar dessa ameaça sobrenatural. Vale lembrar que Jerry até pode não parecer um monstro, mas ele definitivamente é um. Os vampiros podem ter se modernizado, mas ainda são predadores sedentos por sangue.

Isso é evidenciado pelos excelentes efeitos especiais criados por Richard Edlund, artista que um ano antes havia trabalhado em *Os Caça-Fantasmas*. Produzido na Era de Ouro da maquiagem e dos efeitos práticos do cinema de terror, marcada por artistas inovadores que produziram uma abundância de criaturas grotescas e memoráveis, *A Hora do Espanto* é mais um exemplo desta década fantástica, trazendo para as telonas transformações brutais, morcegos e lobisomens monstruosos, peles viscosas e corpos derretendo. Com seus efeitos práticos, o filme também estabeleceu uma tendência estética para os vampiros que se seguiria até os anos 1990: eles até podem parecer humanos, mas estão sempre fadados a revelar sua natureza monstruosa. Diferentemente dos mortos-vivos mais recentes que habitaram o cinema no século XXI, cujo marcador visível de monstruosidade são suas presas escondidas, os vampiros oitentistas têm seus rostos totalmente transformados em expressões retorcidas, as quais revelam bocas cheias de presas e olhos assustadores. Monstros modernizados, mas ainda assim monstros.

O impacto de *A Hora do Espanto* não acaba por aí. Além de estabelecer uma tendência estética para os vampiros, a qual seria seguida por inúmeros filmes e séries, o longa também prefigurou, ao lado de *Gremlins*, uma crescente massa de produções focadas no tropo "adolescentes versus monstros". Abria-se espaço assim para filmes como *Deu a Louca nos Monstros* e *Os Garotos Perdidos*, o qual levou os vampiros para a ensolarada Califórnia e os transformou em motoqueiros estilosos, e séries de televisão como *Buffy, A Caça Vampiros*, que nos anos 1990 incorporou esse tropo e transportou os vampiros para o mundo da cultura pop e dos dramas do ensino médio. Uma coisa é certa: *A Hora do Espanto* mostrou para os estúdios de cinema que valia muito a pena modernizar os vampiros e os realocar para perto do imaginário dos espectadores. Não é surpresa então que após o filme de Tom Holland rapidamente seguiram-se outros longas dedicados a renovar estas criaturas da noite, como *Vamp – A Noite dos Vampiros* e *Quando Chega a Escuridão*.

Na época de seu lançamento, *A Hora do Espanto* foi um sucesso inesperado, tornando-se a segunda maior bilheteria de terror daquele ano, atrás somente de *A Hora do Pesadelo 2*. As críticas também foram positivas, ressaltando a combinação de horror e humor do filme. No mundo do terror isso só poderia significar uma coisa, e não demorou muito para que uma inevitável sequência fosse produzida. *A Hora do Espanto 2* chegou aos cinemas no final de 1988 com direção de Tommy Lee Wallace e uma história centrada em Regine, a irmã vampira de Jerry que procura se vingar de Charley e Peter pelos eventos do primeiro filme. Embora contasse com uma estrutura semelhante à de seu antecessor, *A Hora do Espanto 2* foi recebido com críticas negativas e rejeitado pelos fãs na época. Para piorar, o longa sofreu inúmeros problemas internos de produção e distribuição* que fizeram com que chegasse em apenas 148 salas de cinema na época, marcando um estrondoso fracasso.

---

* Leia-se: mudanças na liderança de Columbia Pictures, que não demonstrava o mesmo entusiasmo por filmes de terror; a subsequente venda de direitos da franquia para uma empresa menor, chamada New Century Vista Film Company; reformulações no roteiro; ausência de grande parte do elenco original e orçamento reduzido. Para piorar, o filme também sofreu durante seu lançamento no mercado doméstico de vídeo, passando despercebido em meio ao reagrupamento da New Century Vista após o assassinato de seu presidente, Jose Menendez, em um dos crimes mais notórios da história dos Estados Unidos.

A Hora do Espanto já havia se estabelecido como um enorme sucesso com o primeiro filme e a maior aclamação ainda estava por vir. Com o passar do tempo, a produção foi alçada ao status de clássico cult, influenciando diversos outros empreendimentos na televisão e no cinema. Seus efeitos práticos, que permanecem impressionantes até hoje em dia, a trilha sonora pessoalmente curada pelo diretor, a fórmula de comédia de terror e sua adesão ao estilo e personalidade dos anos 1980 fizeram o filme cimentar seu lugar como um dos melhores longas de terror da década. Como se isso não fosse suficiente para manter sua relevância, com o passar do tempo ele ainda se tornou objeto de inúmeras análises e leituras, algumas apontando inclusive para a forma pela qual *A Hora do Espanto* constrói o vampirismo como uma metáfora *queerness*.* A popularidade duradoura do filme, fomentada por uma franquia composta ainda de histórias em quadrinhos, videogames e novelizações, também abriu as portas para uma refilmagem bem-sucedida em 2011, a qual reagiu à nova era dos vampiros no cinema, marcada pelo sucesso de longas românticos como *Crepúsculo*. Do diretor Craig Gillespie, *A Hora do Espanto* trouxe Anton Yelchin como Charley Brewster e Colin Farrell como Jerry Dandrige em um filme que dialoga com o retorno dos vampiros como criaturas monstruosas, oferecendo atualizações no enredo original e abordando novas temáticas como a ideia de consentimento e violência sexual.**

---

* Algumas apontam para Jerry ser um vilão *queer* que abala a heterossexualidade de Charley. Os personagens de Peter Vincent e Evil Ed também são frequentemente lidos por esse prisma, com a transformação do último sendo analisada como um momento de aceitação e despertar de sua sexualidade.

** Embora ainda mantenha Jerry como um vampiro sedutor, o filme assume o ponto de vista da mordida como um ato que revoga a capacidade de consentimento. A relação entre Amy e Jerry é violenta e angustiante, não existindo atração mútua entre os dois, apenas um contato forçado que visa destruir a jovem. A refilmagem deixa explícito que não se trata de uma história de amor, mas sim de violência.

Tudo isso para dizer que a história que você acabou de ler é muito mais do que uma simples narrativa de vampiros. *A Hora do Espanto* é a personificação de uma década. É a representação perfeita de como o conto do vampiro pode assumir tanto questões contemporâneas à sua produção quanto medos que nos assombram eternamente. É a prova viva — ou *morta*, dependendo do ponto de vista — do poder que um filme tem de entrar no imaginário coletivo e cimentar seu lugar na cultura pop. Depois disso, os vampiros realmente nunca mais foram os mesmos. Contudo, muito além de uma história de terror, *A Hora do Espanto* também é uma mensagem de como precisamos superar nossos medos e assumir uma responsabilidade pessoal de enfrentamento do mal no mundo. Ao transportar os vampiros para a casa ao lado, o filme não apenas os tornou uma ameaça próxima de nós. Ele nos tornou diretamente responsáveis por enfrentá-los.

Afinal de contas, não se pode fugir do mal quando ele vive na casa ao lado.

GABRIELA LAROCCA é historiadora, pesquisadora de monstros e orgulhosa sobrevivente dos anos 1990. Quando não está lendo sobre vampiros ou dando aulas sobre cultura pop, está convencida de que seu vizinho pode, sim, ser uma criatura da noite. Colaboradora do podcast *República do Medo* e de diversos projetos sobre cinema e gênero, Gabriela escreve como quem carrega estacas na mochila: sempre pronta para uma boa caçada.

JOHN SKIPP é autor bestseller do *New York Times*, editor, crítico social, garoto-propaganda do *splatterpunk*, defensor dos zumbis literários e grande lenda do horror. Seus livros incluem *The Light at the End, The Cleanup, The Scream, Deadlines, The Bridge, Animals, A Hora do Espanto, Book of the Dead* e *Still Dead* (com Craig Spector); *The Emerald Burrito of Oz* (com Marc Levinthal); *Jake's Wake, The Day Before* e *Spore* (com Cody Goodfellow); *Opposite Sex* (como Gina McQueen); *Conscience, Stupography* e *The Long Last Call* (solo); e, como editor, *Mondo Zombie, Zombies: Encounters with the Hungry Dead* e *Werewolves and Shapeshifters: Encounters With the Beast Within*. Atua às vezes como editor de ficção convidado da revista *The Magazine of Bizarro Fiction* e é apaixonado desde sempre por música e filmes. Mora com a família e os amigos, tanto humanos quanto de outras espécies, em uma montanha com vista para os arranha-céus radiantes do centro de Los Angeles. Saiba mais em www.johnskipp.com.

CRAIG SPECTOR é autor e roteirista best-seller e premiado, com 12 livros publicados em nove idiomas e milhares de exemplares impressos. Suas histórias foram publicadas pelas editoras Tor/St. Martin's Press, Bantam Books, Harper Collins, Pocket Books, Arbor House e outras. Sua obra no cinema e na TV inclui projetos para TNC Pictures, ABC, NBC, Fox, Hearst Entertainment, Davis Entertainment Television, New Line Cinema, Beacon Pictures e Disney. Músico talentoso, formado pela Berklee College of Music em 1982, Spector lançou um novo álbum em 2017, delineando sua jornada na luta contra o câncer de próstata, que se espalhou pelos ossos. Saiba mais em www.craigspector.com.

TOM HOLLAND é cineasta norte-americano. Ficou conhecido por seu trabalho no gênero do terror, escrevendo a sequência de 1983 do clássico filme de Alfred Hitchcock, *Psicose*, dirigindo e coescrevendo o primeiro filme da franquia *Brinquedo Assassino*, e escrevendo e dirigindo o filme cult de vampiros *A Hora do Espanto*. Também dirigiu as adaptações de Stephen King dos livros *The Langoliers* e *A Maldição*.

VITOR WILLEMANN (1993) é designer e ilustrador. Nascido em Florianópolis (SC), passou a infância em um bairro pequeno afastado da capital e também no sítio do avô. Estudava anatomia dos animais rabiscando os detalhes em um bloco de notas, e colecionando crânios que encontrava em suas aventuras pelo campo. Inspirado pelos horrores oitentistas do cinema, Vitor criou as ilustrações macabras presentes na coleção DarkRewind. Siga o artista em instagram.com/willemannart

FEAR IS NATURAL ©MACABRA.TV   DARKSIDEBOOKS.COM